MW01242543

MG. Books

MENDOZA J.

MG

DESTELLO VERDE

Jesús MENDOZA

UN DÍA COMO CUALQUIERA CON LAS MISMAS RUTINAS DE SIEMPRE, UN JOVEN VA A CUMPLIR SU GLORIOSO DESTINO, CLARO SI ES QUE LOGRA PRIMERO LEVANTARSE DE SU CAMA...

—Diablos el despertador no sonó, llegaré tarde a clases—dice Aidan mientras se levanta de la cama, en ese momento su celular comienza a timbrar, "donde deje el celular..." Pensó Aidan.

—¿Aló? —dijo Aid.
—¿Ya estás en clases? Dime que aún no estás en tu cuarto Aidan. —dijo Nat.
—¡No! Ya estoy llegando a la puerta de la Uní. —dijo Aidan
—¿Puerta? De que hablas Aidan tenías que llegar temprano. —dijo Nat.

En ese momento Aidan entra a la regadera mientras habla con su hermana Nataly....

—En serio ya estás en la Uní. Y ¿por qué estoy escuchando la regadera? —dijo Nat.
—Mmmm... ¿Es que está lloviendo? Ok—ok es que me desperté tarde y ahora si sigo hablando contigo me voy a demorar más así que dime ¿Qué es lo que quieres? —dice Aidan.
—¡Ja! Lo suponía... Ale me llamó, dice que no te olvides de llevar el trabajo de química. Ah y una cosa mas no te olvide llegar temprano para cenar sí, papá llamara hoy. —dice Nat.
—Está bien yo llamaré a Alejandra sí. Y descuida no llegare tarde, salgo del trabajo y voy a casa. Te aviso cuando este por llegar. —dice Aidan mientras sale de la regadera, hacia su cuarto.

—Hoy no llegaras temprano niño, tenemos lecciones. —dice Niel mientras ingresa por el balcón del cuarto.

—¡PERO QUE CARAJOS HACES ALLI NIEL! —dijo Aidan
—¿Quién es Niel? ¿Aidan?, ¿Aidan? ¿Qué paso?... —dijo Nat.
—Mmmm... Nada Nat, solo es que salió Patrick Harris en la televisión. —dijo Aidan.
—¿Patrick Harris? ¿Quién es ese tipo? —dijo Niel en un tono confundido.

Aidan tapa el micrófono del celular.

—Pero que te pasa...—dice de una forma alterada, —¿Niel hace cuánto tiempo estas allí?
—Lo suficiente... —dijo Niel mientras mira el techo de forma incomoda mientras Aidan se coloca los pantalones.
—Aidan tengo que colgar, no te olvides y llega temprano hoy, me tengo que ir cuídate. —dijo Nat...
—Está bien Nat, yo te., ¡Diablos me corto! Vamos Niel ¿Que de dónde vienes no existe la privacidad? —dice Aidan.

Aidan se termina de alistar y ambos bajan hacia el comedor en busca del desayuno...

—¿Privacidad? Si claro, incluso espere que termines de ducharte, ha... tienes algo para comer. —dijo Niel.
—Diablos eso en algunos países es considerado acoso y sí... espera, veré que hay para desayunar. —dice Aidan.
—Hoy te enseñare a dominar tu energía, es muy fácil solo es cuestión de concentración y... —decía Niel de forma obstinada.
—Hoy no podre tengo clases pendientes y mi padre llamará en la tarde. Hace tiempo que no hablamos y me gustaría poder escucharlo. —dijo Aidan.

Aidan apurado se prepara un sándwich mientras, Niel espera a recostado en un lado de la cocina.

—De acuerdo, pero recuerda nada de usar tus poderes, sería peligroso, si no sabes controlar tu propia energía. Además, no sabemos cuánto poder adsorbiste del RAIDER. —dice Niel mientras señala su habitación.

—Sí claro nada de poderes, Niel ahora que recuerdo tu dijiste que esto de las habilidades es algo nuevo para ti. ¿Cómo piensas enseñarme algo que aún no conoces bien? —dice Aidan mientras se coge el cabello.

Niel enfadado coge una manzana que se encontraba en la mesa y le arroja directamente al rostro de Aidan.

—AUCHHHH!!! Pero que te ocurre solo fue una pregunta. —dice Aidan quejándose mientras se coge la nariz.

—respeta a tus mayores, tengo cien veces tu edad. —dice Niel.

—Ok solo déjame tranquilo por hoy y luego podremos estudiar todo lo que desees, enserio estoy muy retrasado, con todo esto de las tareas, la escuela y ahora tener que aprender de un lugar que no sabía que ni existía., puedes tomar lo que quieras estás en tu casa, solo vete antes de que llegue Nat... —dice mientras sale del departamento.

¡LIMA-PERU!

Estamos en un embotellamiento en unas de las vías más transitadas de Lima centro, un señor y su esposa se encuentran en su automóvil que estaba varado en un gran tráfico —Podrías prender la radio este tráfico me está matando. —dice la esposa.

—Cariño tranquila. **¡INFORME DE ÚLTIMO MINUTO!** —Suena la radio.

—Estamos desde la base Aérea donde se nos informan que debemos permanecer en nuestros domicilios, Capitán Zalás díganos que está ocurriendo. En este momento se está observando en los satélites una anomalía meteorológica que está a punto de impactar en nuestro territorio Nacional. —dice la periodista de forma preocupada.

En esos momentos suenan las sirenas de alerta, las personas empiezan a bajar de sus vehículos, mirando hacia el cielo de forma sorprendida ven un destello de luces amarillas, las personas aprovechan en grabar el momento.

Uno de los que grababa enfoca el cielo observando desde la pantalla del celular que la luz se hacía cada vez más fuerte haciendo que cierre sus ojos y deje de grabar, segado por el fuerte brillo escucha un niño decir a lo lejos ¡Mamá mira es una estrella fugaz…, pide un deseo! El niño que se encontraba dentro del auto coge del brazo fuertemente a su madre, quien mira a unos metros como es aplastado un vehículo, por un meteorito que se encontraba al frente de ellos y provoca una gran explosión.

Las personas alrededor salen corriendo pavoridas de la gran explosión, se puede ver que continúan cayendo meteoritos en todo el pavimento, uno de los meteoritos cae intempestivamente contra una de las columnas que sostiene el puente trébol provocando la caída de este.

MIENTRAS...

Caminando hacia la universidad Aidan se pregunta si todo esto estaba bien, el no pidió tener estas habilidades, —Fíjate imbécil —dice un chico con capucha mientras empuja Aidan de la vereda. Confundido Aidan solo sigue pensando en su problema igual ni había sentido el empujón de aquel chico — **Espera maldición mi billetera.** — Grito mientras ve que el encapuchado empieza a correr logrando cruzar el tráfico.

Aidan va detrás "diablos tengo que acelerar un poco más si lo quiero alcanzar" pensaba Aidan mientras corría, cuando al cruzar la calle es envestido por un automóvil. Fuertemente el cuerpo de Aidan es envestido contra un poste de alumbrado público, inmediatamente el conductor del vehículo sale a auxiliar a Aidan — **diablos lo mate.** —Grita el conductor agarrándose la cabeza de forma preocupada, las personas alrededor empiezan acercarse, —¡MI BILLETERA! — Grita Aidan con dolor mientras trata de levantarse.

—Qué demonios, joven se encuentra bien. —dice el conductor.
—Ah sí claro descuida, dime en qué dirección se fue el hombre con capucha.
—Ni idea de que hombre me hablas, no te muevas. —dice el conductor mientras saca su celular para llamar a una ambulancia. Aidan recoge sus cosas y las guarda en su mochila, toma su gorra que estaba a un lado y se la pone ocultando su rostro, de reojo mira que unos metros más adelante estaba el encapuchado observando todo. — **Ahí estas** —dice mientras de un salto corre a atraparlo. Después de unos metros más adelante Aidan se encuentra en un parque viendo por todos lados, no logra ver al encapuchado que le había robado minutos antes.

—Maldición como se me pudo escapar esto no hubiera ocurrido si estuviera tan distraído, al menos ya estoy cerca de la universidad, bueno creo que hoy toca ir caminando.

Unas calles cerca de la universidad Aidan se encuentra con dos oportunistas que estaban ofendiendo a una señorita, uno de ellos con una capucha muy parecida, —**Espera un momento yo te conozco.** —dice Aidan mientras se acerca a ellos a ver qué ocurría, uno de ellos le dice que se largara con un tono de voz altanero, Aidan solo tiende a mirar a la señorita que toda llorosa mira pidiendo ayuda.

—Oye, oye, yo te conozco tú me robaste hace un momento. —dice Aidan con alegría.
—Si tú, quítate la capucha te estoy hablando.
—No sede que me hablas, no te metas niño ¿Oh quieres salir muerto de aquí...?
—¡Ey! Señorita cálmese, cierra tus ojos que todo va a pasar... —dice Aidan mientras empuja a los dos tipos.

En ese momento uno de ellos saca una navaja amenazando a Aidan — **vamos puedes hacerlo mejor.** — dice Aidan tomando de la mano al encapuchado para que no se escape, el tipo le intenta incrustar la navaja a Aidan, el cual voltea y esquiva con facilidad, con su dedo índice le golpea en la frente haciendo que caiga al piso noqueándolo por completo, de repente el encapuchado con la otra mano saca su arma y con un golpe le da a Aidan en la cabeza, Aidan voltea a mirar al encapuchado sin ninguna señal de dolor —¿**Aun tienes mi billetera?** — Y le da un puñetazo en el abdomen —**Eso es por haber hecho que me atropellen, para serte sincero si me dolió.** —dice Aidan mientras le retira la capucha, rebusca su bolsillo y encuentra su billetera.

—¿Señorita? Tranquila, ya paso todo... —dice Aidan sonriéndole le devuelve el bolso que estaba en el suelo, le toma la mano y le ayuda a ponerse de pie. Aidan le propone caminar hasta llegar a un lugar más seguro donde se sienta a salvo...

Estando ya en la avenida principal.

—Ah, señorita disculpe ¿cuál es su nombre? —dice Aidan.
—Mi nombre es Julissa.
—Bueno Juli, creo que llegamos, Mmmm... Te pediré un favor sí...
—Sí dime en que te puedo ayudar. —dice confundida Julissa.
—Te pido que no digas ni una palabra de lo que hice, ni que viste mi rostro, está bien.
—Sí claro no diré nada, pero te puedo preguntar algo ¿cómo hiciste todo sin recibir ningún daño? Ese sujeto literalmente te golpeo con su arma.
—Vale te diré el secreto... Comer tres veces al día hacer ejercicios y como mis vegetales.

Julissa se ríe de lo que le responde. —Eso lo eh escuchado en una película. — Lo mira fijamente y le hace una pregunta más.

—Por cierto ¿cuál es tu nombre?
—Me llamo Aidan.
—bueno Aidan gracias por salvarme de esos idiotas, estoy muy agradecida.

Julissa se ríe y se inclina a darle un beso en la mejilla, pero se resbala y termina dándole un beso en los labios, Aidan atónito se queda inmóvil por lo que acaba de pasar, agarrándole las manos a Julissa la separa de él.

—Jajaja... Disculpa creo que me resbale, no creo que a un hombre tan fuerte como tú le haya lastimado un simple beso ¿No?

—Jajaja. Para nada, eres muy risueña ¿verdad? Lo importante es que ya llegamos, este es el edificio.

—Por cierto... ¿Cómo es que llegamos tan rápido? Y ¿Cómo sabes que aquí trabajo? No estarás acosándome no Jovencito.

—Jajaja. Claro que no, solo vi la dirección de tu trabajo mientras levantaba tus cosas, DIABLOS llegare tarde a clases... me tengo que ir. Un gusto haberte conocido adiós Juli...—dice Aidan, pero se detiene y alza la mirada al cielo donde puede observar caer unos grandes destellos flameantes.

—¿Qué demonios es eso? ¿Aidan? ¿Aidannnn? —dice Julissa mientras sube las escaleras del bus.

En ese momento Aidan escucha un gran vacío que aturde su audición, de forma sorprendida mira a Julissa que solo ve como le habla, pero el sin poder escuchar lo que ella le decía. —¿Aidan estas bien? AIDAN... —dice Julissa., de pronto la tierra empieza a sacudirse los autos comienzan a tambalear, las personas que se encuentran alrededor echan un vistazo desde las ventanas el gran caos que está pasando. Aidan sigue inmóvil ante todo esto cuando ve a Julissa que esta que le toma la mano y lo sube a la vereda, de un brinco ya están los dos juntos en la vereda, Aidan voltea a ver que una moto había pasado con gran velocidad donde él estaba parado.

—Aidan oye estas bien... Aidan.

—Ah... gracias no sé qué paso me sentí perdido. —dice Aidan mientras los sonidos en su alrededor van retornando.

—Descuida jovencito, pero creo que ya puedes soltar mi mano.

De pronto suena el celular de ambos, Aidan saca el celular del su bolsillo trasero de su pantalón, desbloquea la pantalla y mira un mensaje de texto.

—También te llego el mismo mensaje. —dice Aidan preocupado.
—Sí, según esto se recomienda no salir de las viviendas y ¿Mantenerse bajo techo?
—Espera recibí un mensaje de mi hermana dice: que las líneas telefónicas están saturadas y la red esta caída, creo que debes entrar y esperar las noticias de lo ocurrido. —dice Aidan.
—Está bien, ¿tú estarás bien? —dice Julissa mientras de un salto abraza a Aidan.
—Sí, vamos entra ya...

ESTANDO EN LA UNIVERSIDAD

Estando recostado en su carpeta Aidan empieza a soñar en el momento en el que tiene una discusión con su amigo Sebastián, que también fue afectado cuando el obtuvo sus poderes, al recordar lo sucedido Aidan despierta asustado provocando que se caiga de la carpeta, causando la risa de todos sus compañeros.

—Señor Aidan, es claro que todos estamos aburridos por la falta de señal y redes que ha dejado el incidente en el trébol, pero no es para que se esté durmiendo en clases. —dice la profesora Lee.
—Disculpe Profesora es que tuve mala noche.
—Señor Aidan le recuerdo que a nadie le importa su vida personal y le sugiero que preste atención si es que quiere llegar a ser interno de medicina. Ahora continuaré con la diapositiva.
—Entendido Doctora Lee...

Saliendo de la clase Alejandra se encuentra a Aidan en pasillo y le pregunta que le había pasado, por que hizo el ridículo en clases Aidan responde que solo fue una pesadilla que no quería volver a recordar...

—Aidan... ¿Sigues teniendo pesadillas desde lo que ocurrió ese día? —dice Alejandra preocupada.

—No, solo es que aún no me acostumbro que ya no esté con nosotros. —dice Aidan agachando la cabeza.

—Recuerda que tenemos exposición juntos.

—A si claro, sí sé, ¿De qué es la exposición...?

—Eres un estúpido... es de Biología Aidan.

—Ha verdad ya recordé... Sí, ok ya lo hacemos la próxima semana vale...

—No Aidan, es para este viernes, así que vamos a tu casa y lo hacemos ahora ok.

—Seguimos hablando de la tarea...

—Claro que sí, mal pensado. —dice Alejandra mirando fijamente a Aidan.

—Ok, pero es que ya tengo planes esta noche, estaré muy ocupado con la nueva vecina de alado. —dice Aidan con cierta burla.

Esas palabras provocan la ira de Alejandra haciendo que lo empuje por las escaleras del pasillo —M*erda... ALEJANDRAAAAᴀᴀᴀᴀᴀᴀᴀ...—dice Aidan amargo mientras cae por las escaleras...

—Oye qué diablos te ocurre Ale. —dice Aidan adolorido mientras se levanta.

—PERDON, PERDON, es que me moleste mucho con ese comentario Aidan.

—Mmmm... entiendo, pero no es para que me arrojes por las ESCALERAS, Ale mira allá va Liz.

—Sí, seguro viene a dejar sus rotaciones recuerda ella ya está haciendo su internado.

—Y sigue igual de linda... —dice Aidan con un tono enamorado.

—Aidan no seas estúpido o te volveré aventar de las escaleras, además ella es mayor que tú. —dice Alejandra algo celosa.

—Y eso que tiene que ver Ale, acaso el dicho no dice que en el amor no hay edad, iré a saludarla...

—¡¡¡Estúpido de eso no se trata el dicho, oye y la exposición... AIDAN!!!

—Ha si sobre eso... te llamo después sí Ale...

Aidan deja hablando sola a Alejandra para ir a ver a Liz que se encontraba esperando en la oficina de Administración.

—Hola Liz.

—Hola jovencito, oye dime porque tu novia esta amargada.

—¿Mi novia? Cual novia...

—Alejandra..., creo que le molesta que vengas a saludarme.

—No para nada, ella no es mi novia solo está algo loca.

—Bueno jovencito entonces deberías decirle a tu amiga que no te arroje por las escaleras tan seguido... Creo que se van a demorar en atenderme, mejor vengo después.

—Que vergonzoso la viste, bueno para tu información no me dolió, y dime que ibas a dejar.

—Unos documentos sin importancia, Jovencito ¿Ya acabaron tus clases?

Mientras Liz y Aidan conversaban pasa Alejandra diciendo **"Si tiene clases"**.

—Hola Alejandra... no tienes muñecas que peinar. —dice Liz.

—Y tú no tienes maestros que seducir... —dice Alejandra mientras trata de aventarse encima de Liz.

—Aidan controla a tu novia... —dice Liz mientras abraza a Aidan.

—¿Que no lo es? —dice Aidan mirando como Alejandra empezaba a ponerse roja del enojo.

—¡Si lo soy! —dice Ale mientras le toma la mano a Aidan para separarlo de Liz.

—Alejandra suéltame, ay por Dios que vergüenza. —dice Aidan mientras trata de liberarse de las manos de Alejandra.

—Sabes Aidan, me tengo que ir veo que ahora no se puede hablar, te veo después guapo. Adiós loca. —dice Liz mandándole un beso al aire.

Alejandra molesta suelta a Aidan diciéndole que no se fijara en Liz, ya que no la consideraba una buena chica para él.

—Entonces quien sería una buena chica para mí... y dime por qué has dicho que somos novios. —dice Aidan confundido mirando fijamente a Alejandra.

—No lo sé Aidan, capaz encuentres muy pronto una chica que en verdad te quiera y no te esté ilusionando como gatita perdida, mejor concéntrate en la exposición del día viernes, sabes me tengo que ir, te llamo más tarde ok... Solo contéstame. —dice Alejandra con vos triste.

—Alee, pero no me contestaste por que le dijiste que somos novios... Ale, Alejandra no te vayas. —dice Aidan mientras lo deja hablando solo.

Alejandra sigue caminando algo confundida por los celos que le causa Liz, al terminar el pasillo se pregunta ¿Por qué él?, con una mano se acomoda sus lentes mientras con la otra sostiene fuertemente sus libros, dirige su mirada a Aidan y ambos sonríen de una forma confundida.

Tiempo después., estando en una cafetería Aidan espera que su almuerzo esté listo.

—Maldición mi comida se arruino en el incidente con aquel carro, espero nadie haya grabado, si sigue así la situación tendré que tomar los turnos de noche en caja. —dice mientras le da un vistazo a su billetera con un gran desanimo.

En esos momentos enfoca la televisión como noticia del gran desastre ocasionado por la caída de meteoritos.

—¿Seco con Frejoles? —dice el mesero mientras mira a Aidan.
—Sí, por aquí...
—Fue un gran desastre lo ocurrido hoy ¿No? Dicen que hubo varios heridos, aunque pienso que están ocultando algo las FFAA. No han dejado entrar a nadie desde lo ocurrido., para mí, que algo más cayó junto con esos meteoritos. —dice el mesero.
—Vamos solo son fragmentos de meteoritos. ¿Oye tú crees que dos amigos puedan formar una relación? Se totalmente sincero. —dice Aidan.
—¿Eso que tiene que ver con el tema del desastre?
—No lo sé, tú eres el que empezó hablarme y solo pregunte.
—Mírame tengo más de 20 años, sigo viviendo con mis padres y si no lo has notado   no soy tan guapo como tú.
—Gracias, aunque no era necesario que lo digas, solo quería saber una opinión. —dice Aidan algo apenado.
—Sabes Bro... Habla con ella, y si todo sale bien pues le habrás atinado.
—Sí.... Pero no, es que no quiero arruinar la amistad —dice Aidan titubeando.
—Eso me hace acordar cuando perdí a mi única amiga, le confesé mis sentimientos en la secundaria, claro ahí era más feo que ahora. La confundí tanto que termino saliendo con él chico de la moto, ya sabes de quien te hablo...
—El ¡BRAYAN! —dicen Aidan mientras ambos se ríen.
—¡AMIGO Y PARA VARIAR, LA DEJÓ EMBARAZADA!, una lástima...—dice él mesero.

—Descuida suele pasar, lo importante es que son felices. —dice Aidan.

—Si se podría decir que sí, mira con lo de tu amiga, solo déjale un mensaje y ve que te responde eso nunca falla.

—Pero si aún no hay red.

—Amigo la red ya está funcionando hace media hora. —dice el mesero mientras se va.

—Aidan que te ocurre, solo fue un beso. —dijo Aidan mientras saca su celular.

"será mejor enviarle un texto", pensó Aidan.

—Vamos responde...

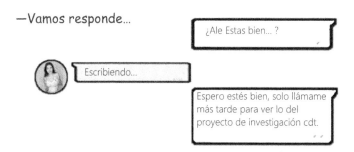

¿Ale Estas bien... ?

Escribiendo...

Espero estés bien, solo llámame más tarde para ver lo del proyecto de investigación cdt.

—Será mejor que termine de almorzar y vaya a mi turno, ya se me está haciendo tarde, espero Alejandra me responda... —dice Aida mientras termina de almorzar.

MIENTRAS...

Vemos a Alejandra entrar a su habitación, se acuesta en su cama, saca el celular para ver los mensajes de texto que había recibido — ¿Qué quieres Aidan? Pensé que estabas feliz con la linda Liz. Carajo hace demasiado calor. —dice mientras lee el mensaje de Aidan, se levanta de la cama arroja su celular y se para frente a un espejo que está en su habitación —Acaso no soy más atractiva que Liz. —dice mientras mira su reflejo en el espejo. "No digas idioteces Alejandra y vete a duchar" pensó Alejandra.

Alejandra entra al baño de su habitación, se retira la blusa y el pantalón Jean que llevaba puesto para ingresar a la ducha.

"Vamos Alejandra debes concentrarte, no es que no te importe Aidan solo que no es el momento para pensar en ello", pensó Alejandra mientras entraba a la ducha.

HORAS DESPUES...

Aidan llega a casa se dirige a la sala y ve a su hermana sentada en el sofá viendo el noticiero.

—¿Nataly te llamó papá?

—No ha llamado aun, espero que tenga tiempo esta vez. — dice Nat. de forma triste.

—¿cómo te encuentras por lo de hoy? — Pregunta Aidan.

—Descuida estaba en el trabajo mientras ocurrió la lluvia de meteoritos.

—Yo estuve en la entrada del banco.

—Tú que hacías allí.

—Es que acompañe a una chica llamada Julissa.

—Sí creo que ella trabaja en ventas, ¿Pero que tú no deberías ir a la universidad?

—Solo pasaba para reconsiderar el trabajo de part time. Y en eso me encontré con la chica.

—Lo importante es que estamos bien ya debería haber llamado papá, por cierto, te enteraste lo que paso en el centro.

—Sí, estuve viendo las noticias desde el trabajo. Las calles están desechas, lo bueno es que no se han reportado fallecidos.

En esos momentos suena la radio de Nataly.

—Dios mío es papá. — grita emocionadamente Nataly.

—Aló, Aló, hija se escucha medio entrecortado ¿Cómo estás?

—Hola papá estoy bien estábamos esperando tú llamada cómo va la expedición. — Pregunta Nat..

—Buenas noches papá, oh buenos días no sé qué horario están en la Atlántida, yo también estuve esperando tu llamada. —dice Aidan mientras le quita la radio a Nataly para colocarlo en la mesa del comedor poniéndolo en alta voz.

—Estoy bien hijos, no se preocupen, solo hace frio y la comunicación no esta tan mal, estamos regresando a puerto para cargar provisiones, dime hijo ¿cómo están, me entere hoy lo ocurrido en Lima?

—descuida papá estamos bien Nataly estaba en el trabajo y yo estaba rumbo a la universidad.

—Me alegro que estén bien hijos míos, ¿Por cierto cómo va el trabajo Aidan?

—No es lo que esperaba, contestar llamadas no es gran cosa papá. —dice Aidan medio apenado.

—Papá yo le dije que trabajé de cajero en el banco, pero él se negó. —dice Nataly.

—Está bien, está bien deben de apoyarse, hijo ¿Por qué no aceptaste el trabajo?

—Es que... Papá no es divertido trabajar junto a mi hermana suficiente con tenerla en la casa, además los horarios no se ajustan a los de la universidad, aparte ya llega el internado y pues eso me va generar más demanda de tiempo.

—Está bien hijo nadie dijo que ser médico sería fácil, pero aprovecha las oportunidades que tengas para que el proceso no sea tan tedioso, ¿Por cierto Nataly ya tiene novio? —

—Oh POR DIOS PAPÁ...! Ya tengo 26 años no deberías estar preguntando esas cosas a mi hermano menor—dice Nataly de forma enojada mientras mira la radio en la mesa.

—Papá estas en altavoz... —dice Aidan de forma avergonzada.

—Que tiene de malo hija es bueno saber que pasa en la vida de mis hijos, AIDAN escucha que ningún hombre aparte de ti entre a la casa, tienes que cuidar a tu hermanita.

—PAPÁ...! — Grita Nataly

—Papá sigues en altavoz...—dice Aidan mientras se coge la frente.

—Es broma hij... los quie... tengo que diver... mi...tras estoy lejos—dice muy alegremente.

—Papá no se te oye bien, ¿está todo bien por allá? —dice Aidan.

—Papá dile a Aidan que se encargue de botar la basura es muy olvidadizo.

—Enserio Nataly vas a decir eso estamos en una llamada importante.

—Yo no tengo la culpa de que tú no me quieras hacer caso— dice Nataly mientras le coge la radio de la mesa.

—Hijos no peleen, Aidan haz caso a tu hermana... esperen, give me one moment please.

—Está bien papá... Con quien hablas. —dice Aidan agachando la cabeza.

—Me están llamando del puesto de comando creo que ya terminaron las maniobras.

Aidan se levanta de la mesa y de un salto le quita a Nataly la radio que llevaba en la mano, después corre hacia la sala y se hecha en el sofá.

—¿Papá cuando vendrás? Aló papá.

Nataly se acerca a Aidan y le pide la radio.

—No te preocupes Aidan ya volverá a llamar. —dice Nataly

—Nat., tú crees que papá regrese.

—No lo sé Aidan desde que Mamá desapareció no ha dejado la base de la Antártida.

—Papá cree que encontrara a mamá en todo ese frio, pero aun que lo logre él no será el mismo. —dice Aidan mientras se mira las manos.

—Aidan, vamos levántate hay que cenar.

Nataly le sirve la cena a Aidan y despúes prende la televisión, entonces aparecen en las noticias el impacto de meteorito que había ocurrido en la tarde, en ese momento informan la noticia de último minuto comunicando la muerte de un anciano de forma horrible, **—El cadáver el cual fue encontrado en la vivienda de la víctima la cual estaba muy cerca al lugar donde ocurrieron los hechos del meteorito, fiscales descartan que la muerte haya sido por los sismos oh meteoritos que cayeron aledaños al área, vecinos del lugar refieren que el señor tenía aproximadamente unos 60 años y casi no tenía comunicación con los vecinos, nos informan que este señor fue exmilitar y sirvió en la fuerza Naval...—** Informa el reportero en las noticias, Aidan toma el control y apaga la televisión.

—Aidan, puedes ir a comprar. —dice Nataly.

—Vale está bien, pero me voy a demorar, iré por las enchiladas del tío San.

—Acaso sigues con hambre. Vale me traes porfiss. —dice Nat. haciendo una sonrisa exagerada.

—Y con que voy a pagar tu enchilada. —dice Aidan mientras extiende la mano hacia Nataly.

—Que acaso no puedes invitarle a tu hermana una enchilada, yo que sepa ya te han pagado.

—Cuando yo te digo lo mismo me dices que te de la mitad si no, ni me compras, además tu eres la mayor deberías engreírme a mí. —dice Aidan mientras se lanza al sofá cruzando las piernas y las coloca encima de la mesa de centro de la sala.

—Aidan saca tus pies de la mesa.

—Me vas a dar para ir a comprar ¿oh qué? —dice Aidan.

Caminando dirigiéndose a la tienda Aidan comienza a pensar que había ocurrido con la persona fallecida y todo ese desastre ocurrido en el trébol y porqué Alejandra había dicho que sí era su novia. **—Ahora Liz pensará que estoy con ella**—dice Aidan con resignación. —No creo que haya relación con la lluvia de meteoritos y el anciano muerto, pero es muy raro que este señor haya muerto justo después de los sucesos y mucho más raro que haya muerto de esa forma. —dice Aidan.

Aidan llega donde el tío san y hace su pedido para llevar...
—Felizmente Nataly me dio el dinero para comprar. —dice Aidan mientras pagaba en caja.

Ya en casa vemos a Aidan acostado en su cama pensando en Niel, el cual no lo había visto desde la mañana. —Creo que debería comprarle un celular desechable, espero este bien, ¿Espera? Es un alienígena de seguro está bien, Sí él debe saber sobre la lluvia de meteoritos, la cuestión es saber dónde está Niel. —dice Aidan mientras de un salto se levanta de su cama haciendo que su cabeza golpee el techo. —MALDICIÓN, eso me dolió, debo tratar de controlar mi fuerza. —dice Aidan mientras se soba su frente.

—¡Ay ya me dio hambre de nuevo!, y eso que recién eh terminado de comer, creo que mejor iré a buscar a Niel, de repente lo encuentro en donde cayeron los meteoritos. —dijo Aidan.

Al llegar al lugar del accidente Aidan comienza a analizar el panorama, imaginando poder encontrar alguna conexión con la muerte del anciano y la lluvia de meteoritos. Al verificar los escombros dejados por el meteorito se encuentra con una placa gigante de condrito que se había fundido con la brea del pavimento, Aidan toma un fragmento de ella y la guarda en el bolsillo de su sudadera.

Al seguir caminando recuerda el lugar donde había sido encontrado el cadáver del señor, el cual vivía muy cerca del lugar. —Es muy curioso que se haya encontrado ese cadáver justo después de la lluvia de meteoritos. — dice Aidan, "Demonios... Y si es culpa de un alíen..." Pensó mientras se acercaba a la vivienda, al llegar a la casa, Aidan se encuentra con unos policías que estaban acordonándola como escena del crimen, Aidan sigue caminando y se coloca la capucha para no levantar sospechas, observando bien el lugar mira que tiene un acceso por la parte posterior de la vivienda, rápidamente Aidan gira en dirección de la casa mirando detenidamente esperando que los policías se distraigan, da un salto por los jardines y entra por la puerta trasera de la casa, Aidan camina hasta llegar a la cocina de la casa, con su mano abre un poco la cortina y se percata que nadie lo haya visto entrar., Después se dirige lentamente a la sala, pero se percata que hay unos casquillos de bala, " es muy raro que haya eso, en un lugar donde vivía un anciano solitario" pensó Aidan, luego ve una escopeta tirada, se puede ver en el techo como una especie de fluido purulento de color negro qué goteaba justo en dirección a la escopeta, como si la persona hubiera disparado a alguien que se encontraba encima de él.

Al ver que todo está desordenado mira atentamente las escaleras —Ok si yo fuera un anciano no me escaparía yendo al segundo piso, eso quiere decir que te lanzaron hacia las escaleras, eso explica la sangre escupida en la pared. —dice Aidan que se dirige al segundo piso mientras observa que en las partes de la baranda esta rasguñadas de una forma peculiar —¿No creo que los haya hecho una persona? —dice Aidan mientras tocaba la superficie arañada, Aidan mira los escalones en forma ascendente hasta llegar al fin de las escaleras, ve que hay más sangre como si el anciano hubiera recibido una herida muy profunda al momento que fue lanzado, mientras que se arrastraba hacia el segundo piso tratando de escapar...

Ya en el segundo piso entra al cuarto principal que estaba cerrado por cintas de seguridad. Aidan abre la puerta e impactado mira el suelo donde se encuentran el cadáver del anciano que estaba completamente momificado e irreconocible, putrefacto al verlo Aidan fija la mirada a sus piernas el cual una de ellas estaba rasguñada —Bueno y así sabemos que tu no fuiste el que rasguñó esas escaleras. —dice Aidan, toma una foto con su celular y decide salir de la vivienda, pero antes de salir escucha un ruido que sale de la cocina, Aidan se apura en salir pensando que son los policías que estaban acordonando la vivienda, Aidan ve una ventana que da hacia la calle hecha una mirada para ver si hay alguien y luego salta.

Aidan se retira la capucha y vuelve al frontis de la casa para ver si los policías habían ingresado, al verlos allí se pregunta quien había provocado ese ruido adentro, justo antes de salir Aidan mira a los policías y sigue su destino —Diablos toda esta pérdida de tiempo y no pude encontrar nada que explique qué paso con el señor, claro ya sabemos que fue acecinado, pero como quedo así. —dice Aidan caminando, "Maldición Alejandra no me contestó el mensaje" piensa Aidan mientras saca su celular, unos metros más adelante se escucha un grito de ayuda, Aidan se coloca la capucha para ver lo que ocurría, corre hacia el lugar donde se oyó los gritos de pronto ve a un ser bizarro con escamas y huesos que salían de su cuerpo, "que M*ERDA es eso" dice Aidan, él monstruo le toma del cuello al joven, acercándole su boca a su rostro, de pronto una luz comienza a salir de los ojos y boca del joven, para entrar en el rostro de este monstruo como si de alguna forma este la absorbiera.

Aidan corre para embestir al monstruo y con su puño se lanza hacia él y le golpea en la cara, provocando que se detenga y suelte al joven. Aidan sujeta al joven y rápidamente toma su pulso —**Oye amigo despierta vamos di algo.** —dice Aidan mientras siente como es que sus latidos están disminuyendo, el monstro se salta encima de Aidan coge su cabeza, Aidan al verse atrapado suelta al joven y el monstruo lo arrastra hacia atrás, desesperado alza sus manos para tratar de liberarse, pero el monstruo seguía sujetando su cabeza y con la otra mano comienza a golpear en el rostro a Aidan, luego aplasta con ambas manos el rostro contra el pavimento de una manera repetitiva y descontrolada —**suéltameee.** —dice Aidan medio moribundo para después quedar inconsciente.

El monstruo con ambas manos coge del cuello a Aidan, en ese momento sale una luz brillante de sus manos, de repente aparece la policía que había escuchado los gritos del joven que se encontraba tirado al costado de Aidan que ya se encontraba casi muerto, los policías al ver al monstruo comienzan a disparar al aire, al verse atrapado el ser bizarro suelta a Aidan y huye.

Los policías llaman a los paramédicos para que se lleven al joven… mientras esperan la llegada del fiscal para hacer el levantamiento.

Al llegar los paramédicos suben a la ambulancia a Aidan que ya se encontrado casi sin pulso alguno y lo colocan en la camilla de la ambulancia.

—**Mmmm…, donde estoy, dios este lugar es muy raro…** — dice Aidan mientras caminaba en el completo vacío, **"por qué esta todo en blanco, siento pesado las piernas y no puedo respirar"** piensa Aidan, en eso se escuchan gruñidos…

—**¿Hola? Hay alguien aquí… ¡ME ESCUCHANNNN…!** — Grita Aidan. Se escuchan más gruñidos.

—¿Hola? ...

Aidan sigue caminando en dirección recta hasta llegar a un punto donde la luz blanca se hacía más y más oscura, sonidos en formas de ondas muy fuertes comienzan a sonar haciendo que el escenario se vuelva cada vez más insoportable. De pronto toda esa luz se apaga y Aidan aparece en un lugar diferente, los sonidos eran más suaves solo se escuchaba brisas de aire que golpeaban la arena, ahora él se encontraba en un desierto, —Que diablos que ocurre aquí... —dice Aidan agitado...

De pronto las nubes eran de color gris y el viento soplaba muy fuerte, el aire había cambiado este era casi irrespirable. Luces de colores brotaban del cielo con ruidos estremecedores muy parecidos a los relámpagos que aparecen en las películas de terror, en todo ese tormento a lo lejos se logra ver una silueta que se iba haciendo cada vez más pequeña, Aidan corre en busca de esta silueta pero aparece en un tipo de cueva, Aidan voltea a mirar al exterior y ve caer granizo color negro y gris, este era muy frio," Creo que ya no estamos en el desierto" pensó Aidan, al regresar la mirada a la cueva ve una especie de sombra humana, está ya no era una silueta cualquiera era muy peculiar y sintió ganas de tocarlo, Aidan se acerca a él pero está lo avienta al suelo, la silueta se mueve rápidamente hacia Aidan, de pronto comienzan a gritar BASTARDO, BASTARDO, BASTARDO...

Aidan despierta abre los ojos y ve todo oscuro— M*ERDA...! — Grita Aidan, extiende sus manos y rompe la bolsa para cadáveres donde se encontraba, asombrando que lo habían declarado muerto. "Que raro sueño y ¿porque estoy aquí?" pensaba Aidan, los paramédicos se asustan, atontados mira como Aidan toma su celular y se lanza de la ambulancia dejando a los paramédicos asombrados. —Disculpen hacen un excelente trabajo, pero me tengo que ir... —dice Aidan mientras salta de la ambulancia.

Aidan algo cansado y muy adolorido se dirige a su casa a terminar de recuperarse, —¡Nataly!!! Ya llegué a casa... —dice Aidan, delicadamente entra a la habitación de Nat. y se percata que ella se encontraba profundamente dormida, "bueno eso quiere decir que no se dio cuenta que salí" pensó Aidan mientras se tocaba el pecho —sí que esa cosa me ha dado una paliza. —dice Aidan muy asustado, luego va a la cocina, saca algunos piqueos y cosas del refrigerador por alguna razón tenía demasiada hambre, con todas las cosas en la mano va y se sienta en la mesa solo para devorar toda la comida que había sacado.

En eso escuchamos un sonido que venía del balcón, Aidan adolorido se levanta solo para ver que era ese sonido. De pronto vemos a Niel tratando de abrir la ventana para ingresar.

—Estás loco ¿Qué haces aquí? —le preguntó Aidan a Niel.
—¿Estás bien? Me puedes abrir la ventana aún no sé cómo funciona esto.
—Solo es una corrediza es muy fácil. —dice Aidan mientras abre la ventana.
—Si estoy algo bien, solo tengo mucha hambre, creo que morir da un poco de hambre. Oye quien era ese sujeto y habla más despacio que se va a despertar a Nataly... —dice Aidan mientras se embutía la comida que aun sostenía en su mano, después lentamente se dirige a la cocina para terminar de comer.
—Lo estuve vigilando desde que llego en esa lluvia de meteoritos él es Emir.
—Ósea que viste todo lo que me hizo y no pudiste ayudarme.
—Dije vigilando no acosando.
—Como lo que haces al venir aquí. —dice Aidan.
—Eso no es acosar solo estoy velando por la integridad del portador del RAIDER.

—A mí me huele a acoso. —dice Aidan.

—Bueno te decía que es un cazador Nato, me sorprende que siga vivo, —dice Niel de una forma irónica. —Y por favor ten modales no hables con la boca llena de comida...

—Jejeje no me digas que tu tiempo en la nobleza española te enseñaron modales. —dice Aidan con cierta burla.

—No te excedas Aidan esto es serio Emir es una especie que ya se creía extinta ya hace muchos años... No comprendo ¿porque aún siguen con vida? Nuestra raza se encargó de eliminarlos por completo.

—Ya veo por qué nos quiere tanto, además se olvidaron de uno, ese monstruo casi me mata allá, Bueno literalmente me mato. —dice Aidan quien tenía la boca llena de embutidos.

—Yo me encargare de él, Mientras tanto mantente lejos de él y límpiate la boca.

—¡Pero! Si el me ataco... Él ahora es mi problema. —dice Aidan con mucha seriedad.

—No entiendes... el necesita de energía de otros para sobrevivir. Y además de absorber su energía, él imita las habilidades del portador...

—Ósea que ahora tiene mis poderes. —dice Aidan de forma pensativa.

—No, creo que solo lo pueden imitar por una cierta cantidad de tiempo.

—Entonces no hay de qué preocuparse por ahora. Oye Niel y ¿porque desterraron a esa raza?

—¡Bueno te explicare! Hace muchos siglos su especie llego a nuestro planeta, con engaños decían que su planeta había sufrido un gran cambio morfológico el cual no lo hacía posible habitar, entonces pidieron asilo en nuestro planeta, así lograron pasar nuestro campo de protección militar y tomar nuestra confianza. Un tiempo después de haber recibido a varios de su planeta, ellos iniciaron una revolución en nuestro planeta para tomarlo como suyo... Pero nuestros hermanos lograron contenerlos evitando su expansión, pero ellos eran muy salvajes para la guerra y en particular en el control de energía, claro nosotros en ese tiempo no sabíamos que poseíamos tanta energía en nuestro cuerpo, éramos simples seres ordinarios, aprovechando este control de energía se volvieron más fuertes, la guerra duro una generación completa, pero lo superamos con la ayuda de diferentes aliados de diferentes naciones y planetas. Tiempo después lograron eliminar y contener a los sobrevivientes a ellos se les mando a un planeta distante con poca vida, restricción de la tecnología y alimentos básicos con el fin que se extinguieran, ya que eran considerados muy peligrosos y se les catalogo como hostiles. Está especie fue muriendo por la falta de vida que había allí ya que ellos mismos acabaron con la poca vida animal del planeta, sin comida alguna, comenzaron a escapar aprovechando las inspecciones de Scronianos que iban a verificar la evolución de la vida en este planeta. Ahí eran atacados para poder robar los transportadores y escapar del planeta... Entonces al ver estos incidentes se ordenó que el planeta Estantín seria olvidado junto con las razas que se exiliaron allí, con el fin de que no volvieran a provocar daño alguno, ¿hasta ahora...?

—¿Pero que podría hacer un sujeto como el en la tierra? —dice Aidan.

—Ahí está el detalle ¿Qué está haciendo Emir aquí? —dice Niel.

—No importa yo lo buscare y sabré que está planeando en la tierra.

—¡No te metas! Yo me encargare de buscarlo es muy peligroso que lo vuelvas a enfrentar y mucho menos solo. —dice Niel.

—Entonces vamos los dos.

—Por ahora enfócate en tu recuperación después veremos ese tema ok.

—Está bien oye Niel... otra cosa cuando esa cosa me dejo inconsciente, tuve un sueño muy raro, yo me encontraba en una especie de desierto frio.

—Debes tener cuidado no sabemos qué cosa abrió el RAIDER con la llegada de tus poderes y ahora con la llegada de Emir aquí no sabemos que pueda pasar.

—Ese lugar se me hacía muy familiar como si ya hubiera estado allí. —dice Aidan.

—Tranquilo capaz solo fue la agonía que sentías, ahora solo trata de descansar Aidan. —dice Niel mientras camina en dirección al balcón.

—Niel sabes que puedes usar la puerta, no es necesario que salgas por la ventana, nadie está viéndonos.

—Está bien es que es solo la costumbre. —Niel regresa para salir por la puerta principal.

DESTELLO VERDE

BAJO PESION

Después de una racha de problemas y desastres ocurridos tras la lluvia de meteoritos, Aidan se encuentra con un ser alienígena llamado DODO, después de un duro enfrentamiento nuestro personaje buscará respuestas donde Niel para así poder detener a este monstruo alienígena.

Emir, tratara de asesinar a Aidan, pensando que este es el único scrowniano que queda vivo aun... Niel tratara de proteger a Aidan de DODO, mientras que en la escena aparece ¨Joshua¨ que tiene como misión encontrar a este ser que está causando tantas muertes...

Ya cansado por todo lo sucedió Aidan saca su celular para ver las notificaciones del día. **"Así como estoy no creo que mañana pueda ir a trabajar en la tarde, Mucho menos ir a la uní..."** piensa Aidan mientras empieza a ver las notificaciones de Alejandra. —**Vaya a colgado un estado y no ha podido contestar mi mensaje.** —dice Aidan mientras sigue viendo más estados en el Bookface, ya en su cuarto se quita el calzado y avienta su celular a la cama. En ese momento suena una notificación del celular. —**Será Ale.** —dice Aidan mientras se retira el resto de la ropa que llevaba puesta. —**Mejor tomaré un baño.** —dice Aidan

En esos momentos suena el celular de Aidan, era Alejandra quien le estaba llamando para poder conversar con el sobre lo sucedido en la tarde. **"Maldición por qué no contestas, Aidan ahora que te quiero hablar tú no contestasss"** piensa Alejandra mientras está en su cama.

—**Diablos se está acabando la batería.** —dice Alejandra.

Alejandra se percata que la batería esta baja entonces se levanta de su cama y se dirige a su mesa de noche en busca de su cargador. —**vamos donde deje ese tonto cargador, estos celulares son tan caros, pero no les dura la batería que estupidez.** —dice Alejandra renegando.

Podemos ver que Aidan sale de la ducha y se da cuenta que estaba recibiendo una llamada, Aidan corre rápidamente a coger el celular, pero como estaba mojado se resbala y cae de cara a un lado de la cama.

—**Lo encontré... Volveré a timbrar.** —dice Alejandra mientras trata de enchufar el cargador al toma corriente.

Aidan se levanta y contesta la llamada, pero como estaba con las manos húmedas solo termina colgando la llamada a Alejandra. —**Álo, hola...** —dice Aidan confundido

Alejandra logra conectar el cargador, pero se percata que Aidan le había colgado. —**¿Enserio? Aidan, diablos el cable se volvió a desenchufar.** —dice Alejandra mientras vuele a ver el cargador.

Aidan se da cuenta que la llamada era de Alejandra emocionado vuelve a llamar, pero este sonaba apagado. "**Que raro**" pensó Aidan.

Alejandra enojada trata de prender su celular que se había apagado.

Aidan termina de cambiarse y trata de llamar de nuevo a Alejandra, pero su celular seguía apagado. Ya cansado por todo lo sucedido, Aidan se echa en su cama a esperar que Alejandra le llame otra vez.

Ya en cama Alejandra se percata que su celular ya había cargado lo suficiente para poder llamar a Aidan. "**ojalá siga despierto Aidan**" piensa Alejandra mientras encendía el celular, Aidan por otro lado ya estaba dormido, el celular de Aidan empieza a vibrar de forma continua, "**Que rayos, ¿Quién está llamando?**" piensa Aidan mientras estira la mano en dirección al velador donde se encontraba el celular.

—Álo ¿Alejandra? —dice Aidan.
—No **jovencito, soy Liz, ¿Ya estabas durmiendo?** —Pregunto Liz mientras se reía.
—Nooo, NO, para nada, estaba a punto de dormir.
—**Ok jovencito tienes un tiempo más para charlar.**

Aidan pensó que sería bueno conversar con Liz, después de todo ya le había quitado el sueño. "No creo que Ale me llame a esta hora, además ya se ha tardado mucho en devolver la llamada." pensó Aidan.

—Si claro Hablemos... —dice Aidan.

Alejandra trata de llamar a Aidan, pero al timbrar el numero sonaba ocupado, Alejandra solo apaga su celular colocándolo en su pecho. "Creo que no estamos destinados a estar juntos" piensa Alejandra mientras se tapa con su manta para poder dormir.

TIEMPO DESPUES...

Emir se encontraba sentado en los malecones mirando el amplio mar, asombrado ya que hay muy pocos lugares en el universo donde se puede ver un amplio océano.

—Después de todo, este miserable planeta no está malo como se ve..., pero aquí la vida humana es frágil, mucho más de lo que esperaba. —dice Emir mientras coge una piedra.

—Esta roca es muy parecida a la de mi planeta. —dice Emir para después arrojarla al mar.

—Sería bueno vivir en este planeta, como sea, igual mi raza ya está casi extinta y yo soy uno de los poco que quedan en esta constelación, así que no tendré competencia por la supremacía del territorio... Pero ese maldito scrowniano será un problema para mí. Lo bueno que mi hambre ya está controlada, los seres humanos tienen una energía casi angelical eso es muy extraño, pensé que esa raza ya estaba extinta.

Emir ve un pequeño roedor brincando en las rocas, Emir coge al roedor con su mano empieza a absorber la vida del animal.

—Ahgg que desagradable... —dice Emir mientras tosía del asco.

Emir se levanta del muelle en dirección a la avenida principal "creo que es hora de conseguir algo de comida fresca" piensa Emir.
Mientras vemos caminar a Emir pensando en regresar a la casa del anciano que había matado antes ve a lo lejos un grupo de personas que estaban acosando a una chica.

—Hola nena, que hace una lindura como tu caminando sola por aquí. —dice uno de los hombres que se encontraban en el grupo.
—Déjame en paz idiota. —dice la chica.
—Vamos no seas estúpida déjate dar cariño. —dice el hombre mientras levanta la falda de la chica.
—Suéltame estúpido. —Grita la chica.

Vemos que el hombre más fornido abraza de la cadera a la chica para evitar que se escape mientras otro trataba de sujetar las piernas a la chica.

Emir al ver eso solo sigue caminando y apropósito le choca el hombro a uno de los hombres que estaba agarrando las piernas de la chica. —Hola pequeña basurita. —dice Emir mientras coge su cabeza y de un solo tirón le voltea la cabeza diciendo mírame cuando te hablo. La chica asustada comienza a gritar al ver que le habían girado la cabeza aquel hombre.

—Cállateee, pero que Humana tan molestosa. —Le grita Emir.
—Malditooooo, monstruo miserable. —Grita el otro Hombre que aun sostenía a la chica.
—¿Yo soy el MONSTRUO?, yo no soy el que trata de abusar de una débil y ecuánime fémina. —dice Emir. "Porque las féminas de este planeta gritan mucho". Pensaba Emir.

El Hombre asustado saca un arma y apunta en la cabeza a la chica.

—no te me acerques monstruo de M*ERDA oh le vuelo la cabeza. —dice el hombre mientras le temblaba las manos de tanto temor.

—Estúpido no me importa la Humana, haz lo que quieras. —dice Emir.

—Monstruo no te acerques, la mataré...

—Hazlo no me importa. Pero antes ¿En verdad quieres ver a un verdadero monstruo? — Le pregunta Emir al hombre.

—Deja de hablar, no me hables. —Grita el Hombre en que ese momento le apunta a Emir.

Emir se acerca más a ellos con una mano le tapa la cara a la fémina y muestra su verdadero rostro unos ojos azules brillantes, parpados oscuros casi carbonizados unas manchas negras que se extendían por sus pómulos hasta llegar a su mentón. El hombre le dispara y suelta a la chica, asustado solo camina hacia atrás gritando DEMONIO, DEMONIO, en se momento cruza la pista. — No estúpido. —grita Emir mientras ve como un camión de carga arrolla al hombre. —Carajo se echó a perder mi comida. —dice Emir mientras ve que la chica se había desmallado en el piso.

Emir mira su hombro el cual estaba herido por el proyectil del arma, amargado siente un hambre que carcome su vientre tanto que cae arrodillado frente a la fémina, Emir coque del cuello a la chica con el fin de alimentarse, pero su rostro cambia y vuelve a ser un poco humano, Emir la suelta a la chica. "Es un ser frágil eh inocente, no merece esto" piensa Emir.

A lo lejos mira como el conductor del camión frena y baja muy asustado por lo sucedido Emir solo queda atinar correr para esconderse.

Unas horas después vemos a Emir en la misma casa donde había matado a su primera víctima, la casa contaba con un sótano escondido lleno de armas al parecer eran del anciano que vivía allí, Emir coge la perilla y abre la puerta se agacha para recoger dos cuerpos que se encontraban inconscientes los arrastra por las escaleras con algo de dificultad pues aún se encontraba herido por la herida de bala que había recibido horas antes Emir —Esa pequeña basurita sí que me dio en el blanco. —dice Emir mientras baja con los cuerpos hasta llegar al interruptor del foco del alumbrado, este no funcionaba pues tenía que darle unos toques para que prendiera, Emir sienta los cadáveres en bancas largas que se encontraban alineadas después de sentarlos los envolvía en sabanas y le vertía una especie de líquido para sellar las sábanas y al mismo tiempo mantener con vida a sus víctimas.

Al terminar todo este trabajo Emir rompe una de las sábanas que ya estaban previamente allí, rasga la sabana dejando ver el rostro y cuello de la persona que se encontraba inconsciente, Emir cambia su rostro en esa peculiar cara monstruosa de ojos color azul bizarro casi carbonizados, Emir coge a su víctima con ambas manos y comienza a extraer su energía vital mientras que la persona ya despierta desesperada comienza a gritar pero Emir con ambas manos le tapa la boca, la victima mueve sus ojos en desesperación mientras Emir le quitaba la vida.

Una vez satisfecho vemos que Emir cambia su rostro a una forma humana y deja de apretar el rostro de su víctima y solo lo avienta al suelo dejándolo momificado.

Unos días después Aidan se levanta de su cama cansado se dirige a la cocina a servirse el desayuno, prende el televisor y escucha las noticias, donde hablan de la continua desaparición de personas en la última semana, —Eso podría ser causa de Emir. — se pregunta Aidan mientras se levanta de la mesa "tengo que irme se me va hacer tarde para la universidad" pensó Aidan.

Aidan regresa a la universidad, algo confundido y desorientado ya que se había perdido varias clases, caminando por el pasillo se encuentra con Alejandra ella estaba vestida con una polera negra y unos jeans, ella le pregunta donde estuvo, y por qué había faltado tantos días.

—Que acaso te preocupas por mi Ale... —dice Aidan.

—¡Claro que sí me importas! porque eres mi grupo de estudio estúpido... te llame hace unos días, pero no contestaste. —dice Alejandra.

—¿Cual llamada?, solo recibí una llamada de Liz. —dice Aidan confundido.

—Claro... A Liz si le contestas la llamada y a mi no. —dice Alejandra mientras saca su celular.

—Pero si te digo que no recibí una llamada tuya. —dice Aidan.

—Mira fue hace unos días en la noche. — Alejandra le muestra el celular donde aparece la hora y fecha de la llamada.

—Espera ¿porque mi nombre tiene un emoji de popo? — Pregunta Aidan.

—Es que cuando me enojo con alguien le pongo emoji a su nombre.

—Ok, pero porque pusiste un popo, pudiste poner otra cosa.

—pues no parece popo, solo es un helado con ojos. —dice Alejandra.

"Ahora que recuerdo esa llamada fue a la misma hora que Liz me llamo" piensa Aidan mientras coje de la mano a Alejandra.

—Entonces si te preocupaste por mí. —dice Aidan.

— No hables tonterías Aidan mejor vamos a clases que tenemos exposición de bioquímica. —dice Alejandra mientras suelta las manos de Aidan.

Después de la exposición el cual Aidan no había estudiado, pero aun así aprobó gracias a Alejandra, Aidan decide invitarla a comer algo por haberlo apoyado.

—Alejandra gracias por cubrirme en la exposición de hoy. —dice Aidan algo avergonzado.

—Descuida después de todo tu harás el siguiente trabajo de biogenética de fósiles, si no ya verás... Aidan escuchaste lo que te dije ¿verdad?

—¿Fósiles?... Si claro eres un genio eso haré, vale cuídate Ale, te veo después ahora tengo que hacer la tarea... —dice Aidan con mucha impaciencia.

—Tú hacer tarea, espera pero que hay del almuerzo que me ibas a invitar. —dice Alejandra.

—Mañana salimos si ahí te lo compenso. —dice Aidan mientras se va corriendo.

—A bueno al menos algo bueno harás hoy. Nos vemos Aidy. "Espera acaso me ha invitado a salir". Pensó Alejandra.

Tiempo después en casa…

—Bueno es hora de abrir "San Gougle" —meteoritos y clasificaciones— Vale, veamos que nos aparece, meteoro, el Max 5 "buenos dibujos, pero mala película" pensó Aidan, los monasterios de Meteora, meteoritos, condritas, condritas de enstatita. Haber dice: meteoritos rocosos formados principalmente de un mineral llamado Enstatita. "Estantin", claro es el planeta de donde viene Emir, haber... No son muy abundantes, pero constituyen de los minerales fósiles a partir de los cuales son escasos en la tierra ya que son los más parecidos a la composición ósea, se cree que puede almacenar cantidades de energía de muchas formas entre ellas electromagnéticas... "Ese sería el motivo por el cual Emir puede absorber la energía humana" pensó Aidan mientras cerraba la laptop.

Aidan decide prepararse, sabía que tenía que detener a este monstruo, "Aunque Niel me dejo claro que no me acercara a él" pensó Aidan mientras se acostaba en su cama.

Aidan sabía que no podía detener a Emir en la condición que se encontraba, entonces solo decide esperar su recuperación y luego poder entrenar para aumentar su energía. Aidan pensaba que, si él tenía las mismas habilidades que Niel, entonces podía llegar a ser igual de fuerte que él, al fin y al cabo, él fue capaz de detener a Sebastián cuando se salió de control.

¡CONTINÚA LOS ASESINATOS...!
De una forma inexplicable aún no se ha logrado descubrir al autor de estos hechos tan ¡**HORRIBLES**!

La policía ya estaba en el caso de las personas desaparecidas y obtuvieron videos e información que fueron enviados al centro de actividades extra oficiales "CACEO" comandado por el coronel Villaverde y un grupo especializado.

—¡He! espera acaso no te has olvidado quien conforma ese grupo.
—NO DEBERÍAS DE INTERRUMPIR AL NARRADOR.
—Vale no debí decir eso, Well, Well, Well... Oh por cierto sí saben que están leyendo una historieta, libro, comic alguien me puede decir en que formato estamos.
—OYE DÉJAME TERMINAR DE CONTAR LA HISTORIA ¡SÍ! NO SEAS INSOLENTE — Exclama el narrador.
—Vale... vale... "continua" narrador...

Continuemos, unos de los personajes que conforma el grupo CACEO es Joshua Jones, exmercenario de la época de los años 80, este personaje se unió al CACEO después de ocasionar problemas en el Ecuador, actualmente destituido del servicio al enfrentar cargos.

¡HE! AMIGO NO ES NECESARIO QUE CUENTES TODOS LOS DETALLES

¡Nota!

Para que entiendan los siguientes diálogos de este enredado texto, nos hemos tomado la molestia de explicarlo con arcoíris, flores y muchos colores... ¡ESPEREN TENDREMOS PROBLEMAS CON DERECHOS DE AUTOR...! Olviden lo anterior, las letras en "COLOR ROJO" que aparezcan en el dialogo de forma repentina serán del anciano que vive en mi mente ósea YO Joshua (KILLBING) este anciano es un alma que se alberga en mi subconsciente, por alguna razón participará en los diálogos, creo que el autor se está quedando sin ideas... Bueno y los textos escritos entre "COMILLAS" serán mi voz interna o pensamientos los cuales son la forma de interactuar con el anciano en mi cabeza. Sí sabemos que puede ser muy confuso, esperemos le agarren el ritmo... Y sobre todo gracias por comprar este libro, esperen ¿ya sabemos en qué formato vamos a salir, ya conseguimos'

Joshua comienza a investigar por su cuenta y se dirige a las oficinas del CACEO a buscar a una amiga ¨Melissa¨, preguntándole si tenía alguna información sobre el caso.

—Me pregunto porque me llamas. —dice Melissa.

—Oye sin resentimientos, lo que paso en esa fiesta solo fue un accidente... —dice Joshua.

¨ ¿SÍ SABES QUE FUE APROPÓSITO NO? ¨

—Un ¡ACCIDENTE! Me degastes abandonada...—dice Melissa.

—Oye Melissa, ayúdame sip...—dice Joshua.

—¡Ok...! ¿Vale entonces a quién buscas? —dice Melissa.

—Por qué crees que busco a alguien.

—Solo por ello bienes a buscarme, sabes somos amigos es muy feo que solo te aparezcas para pedir favores.

—Vale está bien te lo compensaré con una cena. —dice Joshua.

—mejor que sea el próximo domingo habrá Champions. Solo lleva unas cervezas.

¨ QUÉ SIMPÁTICA SEÑORITA ...¨

—¡Que no! —dice Joshua fuertemente.

—Vale entonces no te ayudaré. —dice Melissa muy amargada.

—No me refería a eso Melli, solo decía que no sabía que jugaba la Champions.

—Ah ok, si juega mi equipo favorito. —dice Melissa mientras salta de alegría.

—Acaso juega el Paris... —Se pregunto Joshua.

Melissa le tira una bofetada a Joshua.

—No seas bruto pues si juega el Manchester. —dice Melissa.

—todo por que juega ese CRR7, yo tengo mejor pinta que él.

—dice Joshua cogiéndose los bíceps.

—Ni volviendo a nacer tu serias igual de guapo que él.

ES UN PAPUCHOOOO

—"tú ya estas muerto no opines." piensa Joshua

—bueno entonces la próxima semana nos toca. —dice Joshua.

—¿Como que les toca? —dice Carl mientras pasaba por el pasillo.

—Eso no Carl, hablo de la Champions, además no seas pervertido y vete ya. —dice Melissa.

—Un gusto verte Joshua. —dice Carl mientras se va.

—Adiós Carl, ese tipo no cambia. —dice Melissa.

—Bueno me ayudaras a buscarlo a ese tío.

—Vale está bien Josh dime ¿Quién es?

—¿Mmmm…? No sé cómo explicarlo.

¡PELÓN CON CARA DE CHANGUITO!

—Bueno sí tiene cara de changuito…—Dice Joshua.

—¿Hablas del sujeto calvo que aparece en las noticias devorando a las personas? Es sorpréndete ver que la mayoría de locos le falta el cabello. —Dice Melissa.

ANDA INVÍTALA A SALIR, INVÍTALA A SALIR ESTA NOCHE

—"Que no ya quedamos para ver la Champions" pensó Joshua.

—¡Ok! No ¿Hablaba de André Wiesse? ¿Pero? También puede ser él.

—Pero si él no es calvo. —dice Melissa.

—Lo sé. —dice Joshua decepcionado.

—Ok Al parecer su última aparición según los life de Bookface fue un lugar donde hay trenes abandonados, al parecer un tipo de depósito.

—Hay un montón de ellos Melly... —dice Joshua pensando donde buscar.

—Sí pero no todos los desmontes de trenes tienen una playa al frente. —dice Melissa enseñándole el celular a Joshua. De pronto sale una notificación del celular.

—Oye Melly, pero si has hecho Match con DonJuan 61. —dice Joshua burlándose.

—no seas estúpido Joshua solo son mensajes Spams de Gougle. —dice Melissa mientras levanta de su escritorio y van hacia el pasillo.

—Eso parecía una notificación de Tinder. —dice Joshua.

—QUE NO LO ES...! —dice Melissa mientras borra las notificaciones de su celular.

—well. well. well... Quien soy yo para juzgar el amor, mucho menos si viene de Tender.

—Ya cállate Joshua no seas idiota.

—OK no die nada, oye después de este rollo sabes... ¿tienes algo que hacer esta tarde? Es que tengo otro trabajo que hacer y me preguntaba sí.

—Ni lo sueñes ya perdí mucho tiempo ayudándote a buscar a ese calvito.

—Pero si solo usaste tu celular.

—igual es tiempo Joshua, tengo trabajos que presentar, mejor lo vemos después ok.

En eso mientras caminaban por el pasillo a Melissa se le caen unas hojas. —Tranquila yo te ayudo. —dice Joshua se detiene y se agacha a recogerlas provocando que le mire las piernas.

¨WAU... PERO QUE LINDA SEÑORITA¨.

—Si que están bonitas... —dice Joshua.

Eso incomoda y avergüenza rápidamente a Melissa, provocando la mirada de todos en la oficina.

—JOSHHHHH...... — Grito Melissa mientras que lo golpeaba con los folders y cuadernos que llevaba en la mano.

MOMENTOS ANTES...

Tras unos días de buscar a Aidan, Emir lo encuentra saliendo de la universidad Emir decide seguir a Aidan para poder tener la oportunidad de emboscarlo, unas calles más adelante Aidan se percata de su presencia, pero como se encontraba en un lugar con demasiadas personas decide no actuar y seguir su camino llevándolo a un lugar donde no haya tantas personas cerca que pudieran salir afectadas o pudieran verlos, Emir empieza lo sigue hasta una zona baldía donde se detiene Aidan.

—Ok esto ya está costando trabajo. —dice Aidan.
Dándose cuenta que Emir estaba detrás de él.
—Sabes es difícil tratar de hacerse el loco y seguir caminando, aquí no saldrá nadie herido. —Le grita Emir.

Al momento de quitarse la mochila ve de reojo un automóvil que se acercaba a gran velocidad, lo había lanzado por Emir, el cual es esquivado por Aidan con cierta dificultad.

—Wouu... eso estuvo cerca, en serio una carcacha oxidad... —dice Aidan.
—eso es por haber liberado a mi comida.
—¿Comida? Eso eran personas no tenías por qué haberles hecho eso.

—Tómalo como una lección, los grandes depredadores tienen que satisfacer su hambre si no se salen de control.

—Igual has seguido matando personas, personas inocentes.—dice Aidan.

—Al principio sí, estaba incontrolable la energía que tienen los humanos es más pura, casi angelical. Pero, pero luego vi que hay mucha basura en este planeta y solo me divertía con las presas que se lo merecían.

—Hablas de la mafia que mataste en ese Club. Sea buenos oh malos eso no quieta el hecho que son personas, tenían familia oh personas a quien cuidar—dice Aidan.

—Las causas no justifican los hechos muchachos, eran ratas en cierto punto le hice un favor a este estúpido pueblo que a ustedes le llaman país ¿No? Es sorprendente la tecnología de comunicación que tienen aquí, haces algo y ya estás en la mira de todos. —dice Emir mientras se agachaba a recoger un pedazo de roca.

—Así es como encontré tu averno.

—Vaya ahora estoy en sus ridículas redes sociales, creo que es hora de acabar contigo si te tengo como fuente de energía ilimitada, así podré sobrevivir a este ridículo planeta, sin tener que matar a tantos.

—Vaya sí que es un consuelo saber que seré tu comida.

—Cuando ya haya adsorbido toda tu energía ¿bueno?... Yo seré, el más fuerte de todo este miserable planeta—dice Emir.

Emir con un movimiento rápido se traslada detrás de Aidan le coge el hombro, le golpea en el cuello a Aidan haciendo que salga expulsado por hacía unos trenes abandonados que se encontraban en el lote baldío del risco, Emir lentamente se acerca a Aidan...

—Sabes aun conserve un poco de tu energía sabía que me iba hacer útil después, es impresionante todo lo que pueden hacer los Scronianos fuera de su miserable planeta quien iba a pensar que un poco de nitrógeno los cambiaria tanto, oye es por demás que trates de intentarlo solo no te levantes ya te ves patético. —dice Emir.

Aidan arrodillado se enoja y le responde con un golpe en el abdomen, pero Emir se mueve a un lado y lo esquiva, Emir flexiona su pie dándole un rodillazo en el rostro, Aidan cae de rodillas entonces Emir aprovecha para cogerlo tomarlo de su cabello y quitarle su energía.

Tiempo después en su habitación, Joshua comienza a pensar que tan peligroso puede ser el individuo que está cometiendo todas estas atrocidades.
"No es que tenga miedo ¿saben?" Pensó Joshua mientras subía a su habitación.
"CLARO QUE LO TIENES, SINO PORQUE EMPACARÍAS TANTAS COSAS"
—Bueno ellos no lo saben y además no debes estar diciendo esas cosas... ¡Me hace ver menos cool...!
"MUCHACHO SOLO TRATO DE AYUDAR, DEBERÍAS DE BUSCAR MÁS AMIGOS, ¿HAS OÍDO DE ESA RED SOCIAL BOOKFACE? ..."
—¡Mmmm!... no me harás pasar por loco, en algún momento saldrás de mi cuerpo...
"OLVÍDATE, TÚ Y YO SEREMOS COMO POPEYE Y OLIVA, SIEMPRE JUNTOS, OBVIAMENTE YO SOY POPEYE."
—No tenías otra referencia, por cierto, yo sería Popeye.
"TRANQUILO HIJO NO TE EMOCIONES, QUE NI LE LLEGAS A LOS TALONES, TU SERIAS MÁS COMO EL CHICO MURCIÉLAGO"

—Te refieres a Batman, no tendremos problema por mencionar a esos personajes... —dice Joshua mientras empieza a vestirse.

"NO CREO COMO QUE DEBEN ESTAR MUY OCUPADOS COMO PARA ESTAR LEYENDO UNA HISTORIA COMO ESTA, ADEMÁS PESE QUE YA HABÍAS COLGADO EL TRAJE"

—Esto es personal, el mato a un compañero mío.

"HABLAS POR EL EX MARÍN, ESPEREMOS ESTE DESCANSANDO EN PAZ."

—Descuida anciano un comando nunca muere, ahora honraré su memoria matando a ese hijo de P"!"#.

"MUCHACHO LA VENGANZA NO ES BUENA, EN VERDAD ES POR LA MUERTE DE TU AMIGO QUE QUIERES IR A ENFRENAR A ESE MONSTRUO"

—Ya viste lo que está haciéndole a las personas ese desgraciado, está matando personas como si fuera un deporte. —dice Joshua mientras recarga su arma.

"YO CREO QUE TU SOLO QUIERES VER SI ESE MONSTRUO TE PUEDE MATAR, HIJO YA HEMOS PASADO POR ESTO, ASÍ LOGRES MORIR QUE TE SEGURA QUE ESTARÁS EN EL PARAÍSO CON ELLA."

—No importa anciano al menos poder verla una vez más.

"CLARO MUCHACHO Y LUEGO AZRAEL TE MANDARA AL INFIERNO PARA QUE SEAS JUZGADO POR TODAS LAS ATROCIDADES QUE HAZ ECHO EN VIDA."

—Después de todo no creo que sea tan doloroso lo que me hagan allá abajo.

"TIENES QUE CURAR ESA HERIDA EN TU CORAZÓN HIJO, HA PASADO TANTO TIEMPO NADA HARÁ QUE ELLOS VUELVAN"

—Han pasado 50 años y sigo sintiendo el mismo dolor como que el sentí ese día, anciano tú no sabes cómo es ese dolor...

"MUCHACHO YO TAMBIÉN AMÉ COMO TÚ AMASTE A TU ESPOSA Y TAMBIÉN LO PERDÍ TODO"

—Entonces si sabes por lo que paso, no me pidas que no lo intente...

Joshua toma algunas cosas de su arsenal y se va hacia el punto de aparición.

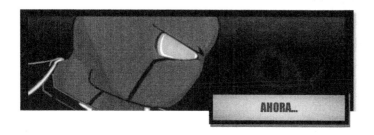

Mientras Emir absorbe toda la energía de Aidan, aparece Niel que se avienta encima de él para que así pueda soltarlo, Niel logra separar a Emir de Aidan en ese momento Niel coge a Aidan y con su mano general una luz de energía lo suficiente para segar a Emir y así poder escapar.

Ya estando resguardados Niel posa a Aidan que está muy herido ya con partes del traje dañado, de repente aparece Weboo, este es un pequeño ser que tiene factores de curación y regeneración en su material genético, Weboo se acerca a Aidan y le va curando las heridas **"Niel que es esa cosa"** preguntó Aidan, Niel sin responder solo mira que tan grave esta Aidan **—Descuida todo estará bien.** —dice Niel levantándose a buscar a Emir...

—Crees que me puedes HERIR ¿oh...no me digas que ese golpe era toda tu fuerza? —dice Emir.

—Patrañas solo estas solo estas alardeando. —dice Niel.

—¿Sabes algo? Yo conocí a tu raza, eran pacíficos y ordenados, pero con una buena reforma política con un gran poder interno... Algo que ellos mismos le tenían miedo... Por qué crees que ciertos lugares oh planetas estaban Prohibidos, pero claro tu ya estas acostumbrado a estas habilidades. Pero nunca había visto estas habilidades que muestran ahora.

—¿Qué tratas de decir?

—Bueno como sabes Tu planeta exilio a mi raza, que irónico ¿No? Décadas después nosotros acabaríamos con tu planeta, pero bueno eso no importa ya que al saber la noticia de que ustedes poseían una fuente rica en energía pues mi gente comenzó a cazarlos.

—Miserable como te atreves mi rasa es la más respetada del universo. —dice Niel muy enojado.

—No lo tomes personal muchacho no todos murieron..., algunos Scronianos migraron a otros lugares cercanos de la galaxia, lo cual, al estar en otros tipos de atmosferas, Bueno ustedes mostraban ciertas particularidades, pero no sabían cómo controlarlas... Esto provoco que mi raza se enfoque más en ustedes y los matemos uno por uno... Claro porque su esencia de vida era más rica y abundante para nosotros, obviamente que todo sobreviviente hombre, mujer o niño Scronianos fue acecinado por nuestras manos eso si ya era algo personal. —dice Emir con cierta risa.

—Ya cállate estúpido... "**Maldición espero que Weboo ya haya curado a Aidan no soporto las estupideces que habla.**" Pensaba Niel mientras solo hacía tiempo.

—Vale eso no importa ahora morirás como los demás
Scronianos que sobrevivieron a la catástrofe de tu
miserable planeta...

Niel enojado trata de golpear a Emir en el rostro, pero él
lo esquiva dándole un golpe en el abdomen y luego
con ambas manos le da un golpe en la espalda,
lanzando a Niel al suelo.
Niel cansado se levanta y se queda mirado a Emir, Niel
se acerca poco a poco casi arrastrándose, de pronto
Niel desaparece y se tele transporta atrás de Emir y de
un giro con su pierna le golpea el rostro de Emir...
Emir se ríe de la acción de Niel y levanta su mano para
coger el tobillo de Niel para luego lanzarlo hacia los
desmontes que se encontraban cerca. Emir comienza a
acumular energía en su mano. —**Interesante lo que
pueden llegar hacer ustedes los Scronianos.** —dice Emir
con mucho vigor.

MIENTRAS...

Desde unos metros más Joshua llega al lugar donde se
encontraba Emir y estaciona su motoneta... Joshua solo
se queda observando todo lo que ocurría.
—¡Ok! ¿Pero miren quién es? Parece el hermano mayor de
Kauecilius, seamos sinceros... Algunos nacen feos por
naturaleza ¿No? —dice Joshua

"MUCHACHO ACASO NO TE HAS VISTO EN EL
ESPEJO"
—Espera, espera, ustedes. ¿Creen que sentirá dolor?
"CLARO QUE SIENTE DOLOR"

—Sep., haber... ¡Por acá debe de estar! Pato de hule, chispitas mariposas, galleta del día de ayer, ¿Dónde lo deje? ¡Aquí esta! Sabía que aquí estaba la navaja suiza, vale ahora continua—dice Joshua.

En eso Joshua coge la navaja y la lanza directamente hacía Emir provocando que se incruste en su pecho y así Emir se percata de su presencia.

AHORA...

—Que M*ERDA. —dice Emir
Emir lanza la esfera de energía que sostenía en su mano hacia Joshua, pero impacta en la motoneta, provocando una explosión.

— ¡No! ¡No! ¡No! Pero ni siquiera lo he terminado de pagar — dice Joshua.
¨SEAMOS SINCEROS LA TOMASTE DE UNA GASOLINERA¨
—Vale sí, pero, maldición arruinas el momento...—dice Joshua
¨JOSHUA SOY TU CONCIENCIA¨
—¡Cual conciencia! Sabes que eres un viejito rascarrabias.
—dice Joshua.

Mientras, Weboo termina de curar a Aidan. Este se levanta y decide ir ayudar a Niel.

Joshua aparece detrás de Emir.

Joshua coge de su morral mini explosivos **"sonrisas"**, rápidamente se transporta detrás de Emir y los coloca dentro de su polera provocando una explosión, ambos salen expulsados por la onda, Joshua mira a lo lejos a Emir y se tele transporta adelante de él luego le golpea con su puño en la cara frenando el impacto. Emir no siente el golpe y le sujeta de la mano a Joshua, para luego tomarlo del hombro y arrancarle el brazo.

Joshua tirado en el suelo resignado y con dolor empieza a buscar el brazo que le había sido arrancado.

"No es nada fácil ganarle a este sujeto" pensaba Joshua mientras trata de volver a colocar su brazo en su cuerpo.

"MUCHACHO CREO QUE DEBERÍAS TOMARLO MÁS EN SERIO SI ES QUE QUIERES DETENERLO COMO DICES"

De repente aparece Niel que enviste a Emir tratando de empujarlo. —**Pero que patético...** —dice Emir quien suelta a Joshua, para luego coger de las manos a Niel y comienza a retorcerlas provocando que Niel grite de dolor.

De pronto aparece Joshua sosteniendo con una mano un caballete de cemento para luego romperlo en la cabeza de Emir, el cual voltea a ver a Joshua y suelta a Niel, esto provoca la intriga de Emir.

—**¿Cómo? Como es posible si arranque el brazo.** —dice Emir.

—**¡je.je.je.je! descuida no es la primera vez que me pasa eso, así que solo me lo volví a pegar.** —dice Joshua.

"TAL VEZ NO DEBERÍAS DECIR ESO"

—**Tranquilo anciano de cualquier forma, igual ¡morirá!** —dice Joshua.

—**¿A quién diablos le hablas?** —dice Emir.

"¡HEY! MIRA ATRÁS"

—**"Que" ¿Dónde?** —dice Joshua.

Emir sonríe coge a Joshua del cuello y lo estrangula con el fin de absorber su energía vital, Joshua no puede liberarse, con ambas manos comienza a golpear el pecho de Emir, pero no logra que lo suelte, entonces Niel se acerca para tratar de liberarlo, Joshua al ver que ya está a punto de desmallarse saca una granada ¨infierno¨ (este es un explosivo que está compuesto por 1/2k de C4 que en vuelven 3 mililitros de fósforo liquido), este provoca una gran explosión que expulsa a Niel quien se estaba acercando a ayudar, la explosión deja gravemente herido a Joshua.

AHORA...

—¡No! Qué demonios has hecho. —dice Emir.
Emir se queda plasmado por el tremendo daño que había recibido, pero entonces su cuerpo comienza a regenerarse, esto gracias a que había absorbido la energía vital de Joshua.

— ¿Ahora qué piensas? —dice Joshua.
—Me he vuelto inmortal pedo regenerarme, tal vez fue en vano tu decisión de tratar de hacerme explotar. —dice Emir.
— Pero cuanto de mi energía necesitas para hacerlo... —Preguntó Joshua.
— A que te refieres. —dice Emir.
— ¿Tu qué crees...? Por lo visto ya usaste toda mi energía ¿Dime hora que tan fuerte eres? —dice Joshua.

Emir orgulloso no le cree lo que le dice Joshua, entonces intenta tele transportarse tal como lo hace Joshua, pero no puede hacerlo.
De repente un tubo es lanzado hacia Emir, al darse cuenta Emir lo esquiva con facilidad.

— ¡He! No es bonito que te lancen cosas ¿Verdad? —Dice Aidan.
— Sabandija ¡YO TE MATE! —dice Emir.
— ¡BUUU! —dice Joshua.
— Qué demonios, ¿Que fue eso? —dice Aidan
— Es que yo también quería participar en la conversación. —dice Joshua.

Joshua y Aidan se quedan mirando a Emir que aprovecha el descuido para empujar a Joshua y tratar de agarrar a Aidan — ¡Que no te agarre! — grita Joshua, Aidan esquiva los golpes de Emir, de pronto Joshua se teletransporta y enviste a Emir, con el fin de distraerlo y no succionará la energía vital de Aidan.

—No dejes que te toque ese cerdo... —dice Joshua.
—ivale! ¨Vale¨ Ya lo sé, por cierto ¿Quién eres tú? —dice Aidan.
—Me llaman KILLBING. —dice Joshua.
—Es que ahora se pondrán a conversar... —dice Emir.
—¡Shi!!Shi!!Shi! —dice Joshua.

Emir patea a Aidan, dejándolo aturdido en el suelo, Emir golpea a Joshua en la cara, este aprovecha el descuido de Emir para girar a tras de él y clavarle una navaja en el cuello...

—¡He! Niño necesito ayuda, ¿Pero continúa descansando? — dice Joshua.

Emir aprovecha el descuido de Joshua, para agárralo del cuello. Aidan se levanta para ayudar a KILLBING, pero ve que como le absorben su energía, en ese momento se percata que a Emir que se le hacía difícil contener la energía KILLBING.

—Bueno al parecer ya no te queda energía. —dice Emir dejando caer a Joshua.

Emir recupera su forma humana la cual no se había regenerado por completo y comienza atacar a Aidan, le coge el rostro y lo estrella contra el pavimento. Aidan trata de liberarse cogiéndole de sus manos, pero Emir se apoya en su rostro y comienza a arrastrarlo varios metros. —¡YA BASTA! —grita Aidan.

MIENTRAS...

Niel se levanta asustado, mira a Weboo y le agradece por curarlo, coge a Weboo y lo coloca en su hombro transformándose en una forma líquida, acoplándose a su cuerpo.
Después de unos metros de arrastrar a Aidan, Emir se detiene dejándolo caer a Aidan. Coloca el pie en su espalda y comprime su cabeza...
De repente aparece Niel quien enviste a Emir antes de que mate a Aidan.

Niel levanta a Aidan y le pregunta;

— ¡he! Aidan, ¿Estas bien? —dice Niel.
—¨sí ¨, ¿eso creo? He tenido peores... —dice Aidan.
—¨Acaso no hay forma de detenerlo¨—dice Niel.
—¨Ha...¨—dice Aidan.

Emir se ríe de Niel —¨eso es lo único que puedes hacer", ¡maldito insecto! —dice Emir.
En eso aparece detrás de ellos, Niel empuja a Aidan, pero Emir le coge la cabeza a Niel y le da un rodillazo en la cara, Aidan le patea en el rostro a Emir, este voltea y lo mira fijamente mientras acumula energía en su mano, haciéndolo explotar en el abdomen de Aidan...

MIENTRAS...

KILLBING empieza a ofuscarse, muy enojado porque había arruinado su uniforme...

— ¡DIABLOS! ¡DIABLOS!, ESTOY MUY FURIOSO, M*ERDA, ESO ¡ME DOLIÓ MUCHO! —dice Joshua.

KILLBING se quita algunos retazos de su traje que fueron dañados en la explosión, en eso ve caer a Aidan que había sido lanzado por la explosión causada por Emir — Pero que ¡"M*ERDA" !, ¿Ojalá no esté muerto?, ¿creen que necesite ayuda? —dice Joshua dirigiéndose hacia Aidan.

—¡BANG! Y caes de culo...Sí que te han dado una gran paliza ¡he!, Niño. —dice Joshua.

—He tenido peores... —dice Aidan.

— ¡Shi!, ¡Shi! Sí, vale. ¿alguna manera de detener a ese infeliz? —Pregunta Joshua.

—Creo que no, aunque, tal vez si lo hay... —dice Aidan.

Vi el momento en que te absorbió tu energía, ¿pero?, se le hacía difícil contenerla...

—Entonces solo hay que sobre cargarlo de energía ¿Eso es lo que entiendo? —dice Joshua.

—Pues sí¨, pero cómo haremos eso. —dice Aidan.

—Bueno, ¡vale! Has que absorba tu energía Y yo me encargo del resto...—dice Joshua.

¡OYE! Y SI ¿AYUDAMOS SU AMIGO?, TAL VEZ NOS PODRIA SER ÚTIL

AHORA...

Emir se divierte golpeando brutalmente a Niel, en eso momento Niel se enoja y carga energía en su mano para luego hacerlo estallar en su rostro de Emir, dejándolo siego. Niel sonríe con satisfacción y cansado se desploma en el piso.

Estando en la jefatura le avisan al Mayor Gencel, que las cámaras han detectado una gran explosión, en las áreas baldías de la costa verde, Mayor Gencel decide mandar a un equipo de refuerzos para apoyar en la seguridad de los civiles involucrados.

Mientras KILLBING y Aidan ven caer a Niel.
— ¡He! Niño anda por tu amigo, ¨te veré luego¨. —dice Joshua.

Ya en el suelo, Weboo sale del brazalete de Niel y comienza a curarlo. De repente llega la policía, y observa en el cielo un ser muy bizarro, muy atontados por su monstruosidad se quedan observándolo.

¡Maldita sea! ¡Maldita sea! ¡Maldit... —dice Emir.

Emir amargo… comienza a lanzar ráfagas de energía en forma de esferas. Entonces KILLBING, Niel, Aidan observan como las ráfagas lanzadas se dirigen a las personas que se encontraban en el lugar observando el espectáculo, entonces cada uno corre hacia los civiles para protegerlos.

Mientras impactan las esferas contra el pavimento, Niel se acerca rápidamente dónde la patrulla de oficiales la cual se encontraba una femenina herida por las explosiones, Niel separa delante de la oficial y aplaude con fuerza en dirección de las esferas que iban en dirección a ellos, provocando una barrera sónica la cual hace explosionar todas las esferas que se encontraban a su paso, al voltear Niel ve a la oficial tendida y con la pierna lastimada...

—Oficial ¿Se encuentra usted bien? —dice Neil con cierta vergüenza por que aun no sabe relacionarse bien con las demás personas.
— Sí... ¡gracias! Me ayudas a salir de aquí. — Responde la oficial.
—Ahh!!! Si claro, pero su... —dice Niel haciendo una mueca de vergüenza en el rostro... **espera voy a cogerla, digo tomarla de la cintura...**
—Solo sácame de aquí por favor...

Por otro lado, los periodistas y reporteros que se encuentran en el lugar miran a los cielos asustados y observan que estaban rodeados de esferas de brillantes que se dirigían hacia ellos, entonces KILLBING se acerca a un reportero...

— ¿Porque estarán mirando al cielo? — Pregunta Joshua.
¨ ¿SERÁ QUE ESTÁN APUNTÓ DE MORIR? ¨
— A si ¨claro¨.

Entonces KILLBING busca en unos de sus bolsillos una **¨esfera cuatro ojos¨** la toma y la lanza muy alto, esta se activa y se expande formando una malla electromagnética casi impenetrable, las esferas de energía impactan contra la malla, provocando que estas se estrellen en el aire formando una explosión y una gran capa de humo...

—Tengo que agradecerle a Newman por estos juguetes— dice KILLBING con voz placentera... De pronto voltea a ver a las personas que se encuentran el lugar y observa que una esfera se dirigía hacia un reportero —¡Cuidado...! — Grita KILLBING mientras saca su catana cortando la esfera por la mitad, la cual explota desintegrando la catana.

—¡Wau! Eso estuvo muy cerca...—dice KILLBING con cierta ironía.

KILLBING se sienta en el piso y se alza la máscara descubriendo su mentón, y de forma muy triste contempla su catana que se había derretido por haber cortado la esfera...

—¡POR QUEEEE! ¡SI ERAS TAN JOVEN...! —decía Joshua refiriéndose a su catana.

Mas adelante Aidan ve a los obreros que están huyendo del edificio en construcción debido a que las esferas de energía habían impactado en el edificio y este se estaba derrumbando. Aidan salta lo más alto posible llegando al cuarto piso, en eso voltea a ver a un obrero que se iba a caer por la baranda, pero Aidan lo toma del hombro evitando su caída —Vaya sí que tienes suerte, ve con cuidado—dice Aidan y sube un piso más arriba al llegar, ve que no había nadie ahí, pero escucha lo lejos un grito de ayuda que venía de una grúa...

—Demonios como odio no poder volar —dice Aidan, entonces mira al hombre que se encontraba encerrado en la cabina de la grúa. Aidan salta hacia la grúa y comienza a trepar para llegar a lo alto de la cabina, de pronto la grúa se comienza a inclinar —¡demonios! —Aidan con mucha dificultad llega a la cabina—cúbrete—grita Aidan, de un golpe rompe la ventanilla, luego desprende la puerta, pero en eso la grúa comienza a caerse, Aidan coge al obrero y lo envuelve con sus manos y se lanza de la grúa —descuida esto me dolerá más a mí que a ti—le dice Aidan al obrero mientras caían hacia el pavimento...

AHORA...

Aidan impacta bruscamente contra el pavimento...
—listo está bien, esto sí que dolió mucho—dice Aidan con mucha agonía.
—Solo ve corre yo descansare un poco aquí. — dice Aidan adolorido mientras ve correr al obrero. "**levántate Aidan aun hay mas personas por salvar**"... Pensaba Aidan.

—¡Aquí vamos! —dice KILLBING con cierto temor...
KILLBING se acerca caminando hacia un acantilado, se para y mira a Emir...
—¡Oye a que no me das! —dice KILLBING mostrándole el dedo medio.

Emir amargo se lanza hacia él, pero KILLBING se agacha y Niel aparece por detrás envistiendo y levándolo hacia el mar...

—Ya sabes que hacer. —dice KILLBING.
—¡Sí! — Responde AIDAN.
Aidan se dirige donde los obreros y les pregunta donde se encuentra el generador eléctrico...

EN LO NO TAN PROFUNDO DEL OCEANO

Bajo la superficie... Niel coge del hombro a Emir y le golpea en el rostro casi sin parar... Emir sonríe, encoge su cuerpo y luego se extiende bruscamente para golpear con ambas piernas a Niel, provocando que este salga expulsado a la superficie.

AHORA...

Aidan mira a su alrededor pensativo y se pregunta en donde estaba el hombre con la catana.

De pronto Aidan voltea y ve como Niel sale disparado del mar, Aidan salta donde esta Niel.
Emir sale del mar y en el aire envuelve con sus brazos a Niel y Aidan para llevarlos e impactar contra el suelo.

—¡Niel!, hay que llevarlo hasta el generador. —dice Aidan.
—Tú golpeas, yo distraigo... —dice Niel.

Momentos Antes...

En una heladería cerca del lugar... Mientras KILLBING espera su turno para comprar...

—Disculpe, un helado por favor—dice KILLBING.
¨OYE ¿NO CREES QUE DEBERÍAMOS CAMBIARNOS?
—Disculpe señor, usted está loco—dice una pequeña niña.
¨ ¡HE! ELLA CREE QUE ESTAMOS LOCOS, QUE INOCENTE...¨
—Ahora ¿Porque dices eso niñita?
—Porque está hablando solo y la ropa que lleva es muy rara y está muy sucia. — dice la niña.
¨ OYE Y SI LE HACES UN TRUCO DE MAGIA¨

—No, tengo ganas en este momento— dice KILLBING.
CLARO YO SOLO DECÍA

—Vamos hija no hables con esta Chusma... — dice la madre de la niña mientras se la lleva.

Saliendo del local...

—Diablos que tan difícil es comprar un helado...—dice KILLBING.

KILLBING camina por la calle mirando al su alrededor en eso mira a los periodistas que están enfocando sus cámaras al cielo, KILLBING mira hacia arriba y ve como Emir envuelve a Niel y Aidan.

—¡Diablos me olvide de ellos! —dice KILLBING con asombro.

Los periodistas tratan de enfocar el rostro de los personajes que estaban peleando...

Niel y Aidan logran engañar a Emir llevándolo hasta un generador que se encontraba cerca al lugar...
Emir coge del cuello a Niel y lo arrincona contra unas vigas, para luego golpearlo en el abdomen, así cansado y adolorido Niel se desploma en el suelo...
Aidan se enfada al ver a Niel como se desplomaba, en ese momento Aidan cierra uno de sus puños y acumulando energía golpea en el rostro a Emir... logrando que se aleje unos metros de ellos.

A lo lejos se encontraba KILLBING mirando el enfrentamiento, —¡Demonios debería estar ayudando!, ¿pero?, ¿Cómo? —dice KILLBING.

En ese momento mira el edificio en construcción, el cual había quedado casi demolido por los impactos de energía, provocados por Emir.

¨OYE SE TE OCURRE ALGO¨ DICE EL ANCIANO.
DENTRO DE LA MENTE DE JOSHUA.

KILLBING se tele transporta hacia lo más alto del edificio.

—Esperen ya tengo una ¡Idea! —dice KILLBING, desapareciendo de la escena...

—Escuchen, lo que haré en este momento es recolectar algunas chucherías... Claro dirán ¿para qué? —dice KILLBING.
—DISCULPA ME DEJAS REDACTAR LA HISTORIA NO VES QUE YO SOY EL NARRADOR.
—¡No! Déjame continuar. Bueno como les seguía contando...—dice KILLBING.

¨MIENTRAS KILLBING DECIDA RESPETAR AL NARRADOR Y DEVOLVERLE DE NUEVO LOS DIÁLOGOS, ÉL SE ESTÁ TELE TRANSPORTANDO POR DIFERENTES ZONAS DEL EDIFICIO, AL PARECER ESTÁ BUSCANDO ALGO...¨ DICE EL ANCIANO.

—Vale, parece que este horrible ser, es indestructible... Pero no sabe del trece que me saque en química, si no me equivoco los polos iguales se repelen, el profe frejolito estaría orgulloso en estos momentos. —dice KILLBING.

OYE Y SI DEJAS QUE TERMINE DE RELATAR LA HISTORIA, CREO QUE HA RESENTIDO CONTIGO, ¨

—Está bien, está bien, que continúe...— dice KILLBING.

Después de la intervención de Química, KILLBING va a buscar a Aidan para contarle su plan, para esto se tele transporta justo de tras de ellos...

AHORA...

En ese momento aparece KILLBING, detrás de Aidan y Niel.

—¡Anda...! Sí que están hechos M*erda... —dice KILLBING.

En eso momento Emir, enojado lanza una gran cantidad de energía en forma de pelota de béisbol, que se dirige hacia Aidan.
Aidan y Niel voltean en ese momento para ver quien le estaba hablando, de pronto al voltear en medio de ellos dos pasa la esfera de energía que había lanzado Emir, impactándole directamente a KILLBING...

—Maldición...—dice KILLBING.

La esfera le impacta a KILLBING, regresándolo justo por el mismo agujero intradimencional de donde salió, desapareciéndolo directamente de la escena...

Aidan ve desaparecer a KILLBING, mientras que Niel veía como   Emir se regeneraba y sonría con cierta ironía... En ese momento se traslada delante de Niel y lo coge del cuello, Aidan voltea a ver como Emir estrangulaba a Niel, pero ve en la espalda de Niel una nota pegada que decía ¿recuerdas el exceso de energía?

De pronto Aidan recuerda la conversación que había tenido con el hombre raro... De pronto vemos que Aidan empieza a empujar a Emir provocando que suelte a Niel. Aidan sigue empujando a Emir, con el fin de llevarlo al Generador eléctrico, que se encontraba en unos metros más adelante...

Emir se aturde por lo que coge a Aidan y lo enviste contra el generador, Aidan sonríe mientras Emir le toma del rostro para quitarle la energía vital que aún tenía...

Aidan es empujado por Niel, quien se lanza hacia él para separarlo de Emir, logrando evitar que consuma toda su energía...

En ese mismo instante aparece KILLBING, con dos cables eléctricos amarrados en su catana, de pronto Emir voltea a mirar que detrás de él estaba montado KILLBING diciéndole:

— ¿ahora? Derrite ¡Esto!

"AUN ESTAS RESENTIDO POR TU ESPADA"

La verdad... "Sí lo estoy. " Pensó KILLBING mientras Emir era electrificado.

KILLBING le incrusta la espada a Emir, que estaba amarrado a unos cables que había sacado del generador eléctrico. KILLBING provoca una sobre carga de energía, que va directamente a Emir. En ese momento una luz electromagnética cubre todo el alrededor.

La onda expansiva alcanza a los reporteros que estaban grabando los hechos. Esto provoca que todos los medios de comunicación se corten, malogrando equipos y cintas las cuales ya habían recolectado información, esto impide que logren reconocer a los personajes que se encontraban en el lugar...

Aidan logra detener por completo a Emir, con la ayuda de KILLBING, Niel se levanta del suelo y dándole la mano a Aidan lo ayuda a levantarse, Aidan voltea a ver a aquel hombre elocuente que los había ayudado—¡Hey! Estuvo cerca ¿No? —dice Aida...

—Sí... "Claro". — dice KILLBING.

"NO SEAS DURO CON EL CHICO"

—Verificaré que Emir haya muerto. —dice Niel.

"seré amable créeme"... Pensó Joshua.

— Oye, Sí que tu amigo tiene cara de pocos amigos ¿Verdad? —dice KILLBING.

— Así es él... Soy Aidan.

—Dime "KILLBING"...

" NO LE DIRÁS TU ¿NOMBRE? "

—¡Wouu!... esta de lujo ok creo que solo usaremos nombres clave. —dice Aidan.

—Por ahora si campeón. —dice KILLBING.

—Vale... entonces solo llámame DESTELLO VERDE.

—Muchacho no has pensado mejor decirlo en inglés, que te parece GREENFLASH. — dice KILLBING.

—Deberíamos hacer algo con el cuerpo cadáver de este monstruo. — dice KILLBING.

—Su nombre era Emir—dice Aidan.

—Lo quemamos oh algo así. — dice KILLBING.

—Nosotros nos encargaremos. —dice Niel.

—Es probable que solo lo arrojemos en medio del océano—dice Aidan.

—Ok, solo manténgalo muerto, no quiero resurrecciones. —dice KILLBING.

—Oye ¿Aidan? Ya me tengo que ir, distraeré a los camarógrafos... ¿Vale?

—Claro, gracias por ayudarnos. —dice Aidan.

—¡Que! Ahora chocaremos los puños oh algo así...— dice KILLBING.

—¨Estaría genial¨ —dice Aidan.

Entonces KILLBING sonríe con cierta ironía... Estira el brazo y cierra la mano formando un puño y de pronto se desvanece...

Joshua se tele transporta detrás de todos los reporteros que estaban filmando lo sucedido, los camarógrafos voltean a ver quién les estaba hablando y quedan sorprendidos por lo que veían, era ese mismo sujeto que estaba participando en la pelea...—¡Vale! ¡Vale!, ya cierren la boca... ¿acaso soy tan feo? —dice KILLBING

¨CLARO CÓMO NO SE VAN A SORPRENDER SI TU UNIFORME ESTÁ COMPLETAMENTE ARRUINADO Y ANDAS CON UNA MÁSCARA¨.

Los reporteros se acercan a KILLBING y le pregunta quién era, ¿Cómo había resultado ileso de esa pelea? Y como se llamaban los sujetos que estaban apoyándolo. Entonces KILLBING se acerca a uno de ello y le pregunta ¿Por qué? lleva tan Graciosa polera de los ¨Toribianitos¨, eso provoca la sonrisa de todos a su alrededor, —Ahora sí ¡Vale! Escuchen ¿alguno de ustedes ha logrado enfocar a los sujetos que me acompañaban? —dice KILLBING...

Uno de los reporteros se acerca a KILLBING y le dice que no han podido obtener ni una información de lo ocurrido por que la onda producida por la explosión estropeo todos los equipos electrónicos de comunicación, más bien si le podía ayudar con algo de información... Entonces KILLBING saca una navaja que tenía en el estuche del muslo y empieza a jugar con ella... ¨CLARO, CLARO... YA COMENZÓ CON SU PROBLEMA DE BIPOLARIDAD¨

¨No es eso ¡Vale! Solo trato de ser un poco rudo. ¨ Pensó KILLBING.

—Claro que te ayudaría ¿pero? De ellos no te deberían de interesar, sabes el ¿Por qué? Te deberías preocupar por mí, pero sabes algo me caes bien, te gustaría hacer un trueque. — dice KILLBING...

Caminando por el acantilado Aidan comienza a ver el panorama de las cosas que habían ocurrido, voltea a ver el horizonte y sigue caminando con el fin de llegar a su casa y hacer como si nada hubiese pasado...

AHORA...

En algún alguna parte de San Isidro..., en un bus de transporte público, se encuentra KILLBING tratando de llegar a casa...

—¡Diablos! Y ahora ¿Qué?... como regresare a casa...—dice KILLBING

¨HA SÍ VERDAD DESTRUYERON TU MOTOCICLETA, CLARO ¿SABEMOS QUE NO ERA TUYA?¨

—¡vale no sigas con eso!...

¨ Y ESA CAMISETA DE LOS ¨TORIBIANITOS¨, TAMPOCO LO ES O ¿SÍ?

—Si, Sí, tienes razón, pero, es que necesitaba algo con que cubrirme ¡Vale! Además, hice un trueque por la camiseta...

—¿Disculpé señor a quien le habla?... — decía un pasajero.

—Ah si claro le contaré una historia?...

Media hora después...

¨AY ESTO VA SER UN LARGO CAMINO, PORQUE NO SOLO SE TELE TRANSPORTA¨

KILLBING se encontraba dentro de un auto bus contándoles a los pasajeros sobre sus anécdotas pasadas lo cual provocaban terror y repugnancia a los pasajeros—¨Y así es como una vaca puede servir de carnada lo bueno es que en la selva encuentras muchas de ellas. Bueno muchachos hasta aquí llego es hora de bajar. — dice KILLBING.

Caminando KILLBING comienza a pensar quien era ese joven llamado Aidan y como era que tenía esas increíbles habilidades... KILLBING saca su celular que había quedado totalmente arruinado en la pelea y comienza a investigar sobre este pequeño amiguito que ha conocido hoy.

MIENTRAS...

Aidan llega a casa mira que todo esté tranquilo, su hermana no estaba eso significaba que no había nada nuevo, seguro seguía trabajando, eso lo hace sentirse bien... Ya pronto llegaría a su hermana, Sube a su habitación y se toma una ducha...

Al terminar de ducharse Aidan se recuesta en la cama y mira su meza de noche eso le hace recordar que tiene que llamar a su hermana para saber cómo se encontraba, abre el cajón para sacar el celular, pero ve que el ¨RAIDER¨, está emitiendo una luz de color azulina con rojo...
—Carajo...! Me olvide la cita con Alejandra...—dice Aidan.

En las oficinas de la ¨DINA¨ (**Dirección de investigación nacional americana**), Joshua busca información sobre Aidan...

¨ ¡Y AHORA QUÉ HARÁS! ¨
—Quiero comprobar unos datos de Aidan y ver qué es lo que ocultan...
¨CLARO, ¡HE! JOSHUA, SIGO PREOCUPADO POR ¨STEPHANIE¨, ¿CÓMO CREES QUE ESTE?
—Cremé está bien, debe estar encargándose de los asuntos de Gabriel...
¨HAN... ¿CLARO? Y LA IREMOS A VISITAR...
—sabes que no me gusta ir donde Calipso, odio a esa mujer... ¡Además! Qué pasa si nos dice que está en otra ciudad, país o continente, y la última vez que la vimos estaba en el desierto de almas... Sabes que ir ahí es muy peligroso.
¨BIEN, JOSHUA ALGUIEN SE ACERCA....

Joshua logra recolectar algunos datos de Aidan que se encuentra en la computadora del general Mckey, adjunta los datos y los guarda en su USB...
Saliendo de la oficina del general, se encuentra con el Mayor More que le pregunta cómo estaba... Joshua le responde que todo está de maravillas.

AHORA...

Niel llega volando hasta la casa de Aidan a preguntarle como estaba, Niel levita hasta el cuarto de Aidan y entra por el balcón, de repente Aidan se acerca al él y le muestra el RAIDER que está brillando—Dame el RAIDER—dice Niel quitándoselo, al tomarlo en sus manos se abre el RAIDER, Aidan le pregunta que es lo que pasaba... Niel le responde con cierto temor que estaban en problemas...

MIENTRAS...

Joshua se encuentra en su computador viendo los archivos de Aidan, los lee y luego apaga su computador...
Joshua se recuesta en su cama, con un reloj de bolsillo que sostiene en su mano y antes de dormir dice: ¨**Solo haz lo correcto**¨...

AHORA...

Niel le explica a Aidan el por qué el RAIDER está brillando, al parecer emitió un pulso electromagnético en codificado, es muy extraño ver estos tipos de señales, mayormente lo usaban los soldados cuando estaban solicitando apoyo en el combate oh por algo aún mayor.

CONTINUARÀ...

Made in the USA
Middletown, DE
28 March 2023

26892236R00046